U0906755

"小市民"系列①

# 春季限定草莓挞事件

SHUNKI GENTEI ICHIGO TARUTO JIKEN

[日] 米泽穗信——著
王兰——译

新星出版社 NEW STAR PRESS

# 目录

# 序章

以梦境开场未免太过老套，可细想一下，也总比到剧终才说一切只是一场梦要好吧。

梦中的我，正在众目睽睽之下揭穿自己的同学。在这样的情况下——

“也就是说，XX同学，从以上推论可知，事实已然明明白白地摆在眼前，正如我一开始想的那样，只要列出时间表就一目了然了。你要是觉得没有证据，所以还不肯死心，我也可以拿出证据来。不过，呵呵，犯不着吧，你已经无路可逃了。为了制造不在场证明，连滚轴溜冰鞋都用上了——这虽算不上新颖，但也不失为一个好点子，只可惜你遇上的对手是我。

“那是什么时候的事来着？那起贝斯手失踪案，破案的就是本人。另外，你应该也听说过吧，音乐教室的花瓶掉下来那回，看穿那不是意外的也是我。还有，不瞒你说，佐川那帮家伙被送去辅导管教一事，也是我略施小计促成的。

“所以，我敢确定，冤枉她的人就是你！怎么样，要不要认罪？还是打算继续徒劳辩解，白白浪费大家的时间？”

XX同学面如死灰，垂下头来。

话说，这家伙到底是谁啊？我陡然心生疑问，可是在梦里难以看清对方的长相。

我继续居高临下地大放厥词：

“不过，亡羊补牢犹未晚矣，你要是还残存着一丝良心，就赶快认罪吧！”

接着，我转身面向观众。那群人的长相同样模糊不清，只能听见台下掌声雷动。

“哇，太厉害了！”

“真没想到是这么一回事。”

“居然是这家伙干的！”

“太过瘾了！名不虚传啊！”

“真不愧是小鸠常悟朗！”

“精彩！精彩绝伦！”

我举起双手，志得意满地回应着他们此起彼伏的赞美声。

就凭这种伎俩也想骗过我？这点小聪明太小儿科了。哎呀，不尽兴，不过瘾！有没有一个真正足智多谋的对手，可以让我俯首称臣啊？

我感慨着……

梦外的我看着梦中那个得意忘形的自己，简直如坐针毡。不知是不是现实的情绪影响了梦境，从欢声雷动的观众群中走出一人。

这个人，是谁？会在现实中与我针锋相对的人，我心里倒是有几个人选。他，或者是她，对我嫣然一笑，说道：

“真是精彩绝伦啊！无懈可击的推理，滴水不漏的证明。不过，就是……怎么说呢，虽然有点难以启齿，不过我就不兜圈子了——你这个人，真的超讨厌的。”

呼——好恐怖的梦魇！从梦中惊醒好一阵子，我的心脏依旧怦怦地跳个不停，这样下去搞不好要弄出心脏病来了。

还好那只是一场噩梦，立刻就会被遗忘，不留一丝痕迹。可就在我几乎要忘掉这个梦时，突然意识到自己似乎还做了另一个梦。那个梦的主角不是我，而是一个娇小玲珑的女生。梦的内容我已经忘得一干二净，连一丁点片段都回忆不起来了。

我从床上坐起身来，窗帘外已经透着光亮。我看了看墙上的钟，现在起床还为时尚早，可是头脑已经完全清醒，没有一丝睡意。还是起来吧——我坐在床边，继续回味着刚才那个快要被淡忘的梦。

放心吧，现实的我和梦里那家伙可不是一类人。朝着心中理想的自我，用笑容作为武器，那我一定能过上想要的生活。就算遭遇挫折，我也有自己的伙伴啊，还有志同道合的人可以一起砥砺前行。

时间一到，就要去学校了。这所高中，现在还不是我的学校。不过今天是放榜的日子，不出意外的话，从四月份开始我就是这所学校的学生了。

初中升高中后，很多人会突然判若两人。初中一直是一个乖宝宝，上了高中就开始叛逆，也就是所谓的“高中转型”。

虽然本质有点不同，不过我们也打算玩一下“高中转型”。拉开窗帘后，房间的光线依然有些昏暗，我定定地坐在床边。

对，只要换一个环境，一定能够顺利“转型”。

# 绵羊人偶服

## 1

如果有人问我有没有把握考上，我肯定会说："没有。"

但要是神仙来问，抑或是直言不讳也不会让任何人觉得不适的话，我肯定会回答："考不上？我想都没想过呢。"

船户高中是这一带出了名难考的名校。不过毕竟是一所公立高中，能报考的人数已经经过了初中的筛选，所以实际录取比例不低于1∶1.2。

录取名单就张贴在体育馆前面。我仿佛只是去自家门口赏花一样，气定神闲地寻找自己的考号，没一会儿就看到了。我暗暗松了一口气，其实还是有点紧张的吧。

总之，我已经过关了。不过还不能放下心来，因为不知道那个家伙的情况怎么样——那个和我并肩作战且志同道合的小伙伴。我们是一起过来的，所以她现在肯定也在附近吧。天啊，公告栏前挤满了人，根本就不可能找到她，而且她长得娇小，扎在人堆里完全不显眼。我放弃了用眼睛继续搜寻，然后从混乱的人群中走出来，掏出了手机，从通讯录中找到了联系人——"小佐内由纪"。

"我考上了，小佐内同学呢？"

她的邮件就简简单单几个字："你在哪里？"

我环顾四周想找一个显眼的标志，可除了考试那天之外，我还是第二次过来这里，实在想不出该拿什么当地标，于是回复了："我往校门口走。”

“我马上过去。”

发完邮件后，我一边把自己的老式折叠手机放进口袋，一边往校门的方向走去。

我们互发的邮件总是言简意赅，小佐内从来不用表情包或是颜文字，因此我也不用。不过，听别人说，她是知道我不用，所以才不用的。我搞不清楚我们两人到底是谁喜欢简约，是谁在迁就谁。大概两者都有吧。

在校门口附近，聚集着三三两两的人群。我刚想说小佐内怎么还没到，就看到冷清的水泥校门口站着一个穿水手服的小个子女生。她的半个身子都藏在校门的阴影下。她是在躲避谁吗？

我向她招招手。

她小跑过来，以似有若无的声音说道：

“我也是。”

“是什么？”

“小鸠同学也考上了吧？”

哦，这个呀。我会心一笑，回应道：

“太好了。小佐内同学也考上了呀。”

“嗯……接下来，继续好好相处吧。”

我们的对话内容很平常，也并没有什么怕被旁人听到的内容，可是小佐内始终小心翼翼地小声说话。

她的全名是小佐内由纪。除了身材娇小之外，外表并没有任何特别之处。细长的眼睛、薄薄的嘴唇、小小的鼻子，五官都是小巧玲珑的，连脸也很小。硬要说的话，就只有耳朵是那种有福气的厚耳垂。她留着波波头，四肢像是为了配合娇小的身躯一般，十分纤细。乘坐公交车的时候，说她是小学生也完全没问题。小佐内身穿初中的水手校服，搭配了奶白色的开襟衫。她这副模样，该怎么说呢……整个人的感觉就像一个小动物。这种说法，连她本人也很满意。

我和小佐内，从初三那年的夏初开始就走到了一起。

微弱的风轻拂而过，春天快到了。尽管此时的我们正值春风得意之际，但也依然觉得十分寒冷。一阵微风吹过，我不禁打了个寒战。开学典礼之前，我们应该不需要再到这里来了吧。

“好冷啊！我要回家了。”

“我也是。”

小佐内说完，停顿了一下后说道：

“好冷呀。”

“所以我才说太冷了，回家吧。”

“要不要去喝杯热饮，庆祝一下啊？”

这个提议不错。不过这一带我不熟，想必小佐内应该知道一两家不错的店铺吧。我刚想举双手赞成，说一句“咱们走吧”，但是突然有人叫住了我们。

“你们好！”

一名身穿烟灰色防风衣，衣品略怪异的男子，拿着笔记本站在我们面前。他的手臂上套着暗红色的袖章，上面印着白色的“采访”二字。

就在这时，小佐内一个转身躲到了我背后。好敏捷的身手！

男子瞄了一眼小佐内，然后近乎面无表情地对我说：

“同学，看来你应该考上了。恭喜啊！可以耽误你一点时间吗？”

这是要采访我的意思吗？

我立刻笑着答道：

“不好意思，我们还有事呢。”

话音未落，我也不等男子回应，就朝着人流的方向逃离了。小佐内也寸步不离地紧跟在我身后。其实，我并不是不信任媒体，只是不想和他们产生任何瓜葛，小佐内想的肯定也和我想的一致吧。

和男子拉开一定距离后，她忧心忡忡地抬起头来看着我。

“小鸠同学，你说刚刚那个人会不会生气呀？”

我也有些在意，于是转身隔着人潮望去——那名男子并没有追上来，只是四处张望着，像在寻找下一个采访目标。

“看来问题不大。就算生气也没办法，谁让他的工作性质就是这样的呢。”

“嗯。”小佐内点点头，却仍然愁云满面。

克拉克博士给北海道大学的学生们留下一句经世名言——“要当一名绅士”。其实，我和小佐内也有着类似的人生信条。虽然我们的信条与这句名言的表述相似，但实际的目标与“绅士”的社会阶层有着云泥之别——我们想“当一个平凡小市民”。

为了过上平稳安定的生活，我和小佐内只想好好当一个小市民。不过，我们的外在表现形式略有不同，她的方法是尽可能保持低调，而我则是遇事打哈哈。

作为小市民，就是看电视、读报纸的人，是不可能见报或者上电视的。因此不管最后会不会被报道出来，我都不会接受采访。然而，为此影响别人的工作，招人怨恨，似乎就不太“小市民”了。不过看到风衣男的态度后，我松了一口气。

话虽如此，我还是停下了脚步，转身往校门口的方向走去。

小佐内见状问道：

“怎么了？”

“没什么，只是刚刚我们好像走错方向了。”

我们刚刚是从校门口那边逃过来的，想离开的话势必要从那个男人的旁边经过，这着实有点尴尬。我讨厌身陷尴尬境地的感觉。其实，可能还有其他路可走，但我们都不认识路。正当我犹豫不决时，小佐内又躲到了我身后。

“小鸠同学，别动。”

发生什么事了？我环顾四周，然后立刻找到了答案。

不用说也知道，我们初中还有很多人都报考了这所高中，刚才我们一路上已经和不少熟悉的面孔擦肩而过。小佐内看到的是同年级的一位同学，应该是她们班的吧。我立刻察觉到她躲起来的原因——小佐内考上了，如果对方没考上，碰到的话会让对方很没面子。

所以刚刚在校门口碰头时，小佐内告诉我考上时的音量，比平常更小，大概也是怕周围有人没考上，有所顾虑吧。真是的！同样走在小市民之道上，我却不如小佐内这么细心。因此在明白小佐内的意思后，我按照她的话停下了脚步。

从放榜到现在，已经过了一段时间，人声鼎沸的校园逐渐恢复了往日的平静。不过，四下还时不时传来小佐内所顾忌的欢呼声。喧嚣声渐渐平息，我们也差不多该撤退了，就照刚刚说的去喝杯热饮吧。

我们刚准备走——

“嘿，前面那小子。”

又有人叫住了我们。这个声音很粗犷，打招呼的方式也相当粗鲁。小佐内吓了一跳，瞬间石化。我也为之一惊，脑中立刻如视频快进般回顾了一遍，刚刚我们应该没做什么会被人突然叫住的事情啊。

总之，先和颜悦色地应对吧。我一边想着，一边转过身去。

站在我们身后的男子，外表和他的声音一样粗犷，肩宽背厚、身型健硕，身高也比我高出一大截。他也是来看榜的，那自然也是初中毕业，也就是说和我们同龄。可是，要是把我和他的照片摆到一起，完全可以作为教科书上“营养摄入对生长发育影响”的对照图了。他的头发从两侧向上剃了上去，让原本就有点棱角的脸型变成了四四方方的国字脸。这回可不是演戏，我发自内心地与他相视一笑。

“哎哟喂，是你啊！”

“什么哎哟喂，你这是什么打招呼的方式啊。”

“总比你刚刚那个‘前面那小子’强吧。健吾，好久不见啊！”

健吾用鼻子冷哼一声，并没有表现出特别的亲密之感。这倒在情理之中。我和健吾虽然相识已久，但细算起来也称不上是朋友。

“你也报了船中呀？”

“嗯，是啊。”

“那……考上了吧？”

“勉强及格了。”

“考上了啊！”

我嘟囔了一句后，健吾点点头。虽然不能说他是在皱着眉头，但他的表情确实很凝重啊……只见他双手抱胸说道：

“我就知道，需要动脑子的事情，你小子是不会搞砸的。只是没想到……我们又要做同学啦。”

也就是说，健吾也考上了。可喜可贺！

对了，我们都忽略了小佐内……她本来就很怕生，而且对方还是男生，那她肯定会更加不安。更何况，健吾这种阳刚气十足的男生，本来就是小佐内最不擅长应付的类型。

此刻她早已躲在我身后，紧紧攥着我的毛衣下摆。有时我甚至会想，小佐内出门时，是不是带上什么遮挡物会更方便？比如，大纸箱之类的。

我转过头，笑着对小佐内说：

“小佐内同学，这家伙只是表面有点严肃而已，一点都不可怕的。”

听我这么介绍，健吾立刻怫然不悦，对着我发起了飙。

“你说谁不可怕啊？”

“啊，对不起，应该是很可怕才对。”

“我的意思是，压根就不应该用可不可怕这种词吧。”

“你说得对。对不起，我真的没有恶意。”

我越是诚心诚意地百般解释，健吾的脸色就越难看。

“你这家伙……”

他的话说到嘴边，又咽了回去。

看健吾没继续往下说，我只好顺势正式地把他介绍给小佐内。

“小佐内同学，这位是堂岛健吾，我的小学同学。”

听到我的介绍后，小佐内不得不从我身后钻出来，面向健吾鞠躬致意。

“健吾，这是我的初中同学小佐内，是我朋友。”

健吾也跟着规规矩矩地放下环抱的双臂，昂首挺胸，正正经经地开始了自我介绍。

“你好，小佐内同学。你是常悟朗的朋友啊，那一定很能忍辱负重吧。我叫堂岛健吾，以后大家就是同学了，请多关照。”

这家伙真是口不择言。再说，我也没说小佐内考上了呀。

小佐内微微点了点头。或许是身高差的缘故，只见她努力抬头仰望健吾。如果不擅长应对，那要不要把他当成伙伴呢——虽然小佐内可能还在思考这个问题，但僵硬的脸上竟露出了一丝笑容，还点了点头。

按照先前商量好的，我们来到小佐内喜欢的咖啡馆，点了暖暖的热饮。我要了咖啡，小佐内点了一杯热的蜂蜜柠檬茶和一个小到堪称迷你蛋糕的草莓挞。

小佐内把装着柠檬茶的杯子捧在手心，长长呼了一口气，然后解下绯红色的围巾，搭在膝盖上。她摩挲着杯子，像是在温暖冻僵的手指，好一阵子后，才捧起杯子啜了一口。接着她拿起叉子，切下草莓挞的一角，缓缓送入口中。她一改平日总是带点阴郁的神情，脸上洋溢出甜蜜幸福的光芒。

我笑着问:“好吃吗？”

小佐内点点头,接着又喝了一口柠檬茶,歪着小脑袋想了想后说道:

“味道还不错。不过……”

“不过？”

她压低嗓门说：

“我还知道一家更好吃的。”

“是吗？”

我的回应似乎有些敷衍。然而，这也是没办法的事，谁让我并不喜欢吃甜品呢。不过，我还是礼貌性地继续问道：

“哪一家的？”

小佐内的嘴角情不自禁地浮现笑意。

“就是‘爱丽丝’的春季限定草莓挞，满满的全是草莓呢。今年也一定不能错过呀！”

满满的全是草莓？听起来就不怎么好吃——我心中暗想。

可是，只有像现在这样提到甜点的时候，小佐内才会露出如此幸福的表情。因此我不想浇她冷水，便回应道：

“那还真令人期待呢！”

即便小佐内十分缓慢地细细品尝，迷你草莓挞还是不到十分钟就吃完了。这时，我的咖啡也差不多喝完了，只有杯底残留的一丁点。

草莓挞一吃完，小佐内又恢复了原本那郁郁寡欢的神情。她小心翼翼地开口试探着问道：

“对了，小鸠同学。”

“嗯？”

“堂岛同学，为人怎么样啊？”

这个问题还真难回答。我最不擅长用一句话去评价别人如何如何了，于是反问道：

“你是有什么顾虑吗？”

小佐内垂下头，或许是顾及健吾是我的朋友吧，她时不时用眼神偷瞄我的反应。

我笑眯眯地看着她，等待她的答案。

她像是在自言自语一般嗫嚅道：

“这个人……总感觉会强迫你做一些事情。虽然只见过一次面就这么说人家好像不太好，但是我总觉得他很强势呢。”

我们在这方面的感觉都很敏感，所以我能理解她的不安。实际上，健吾有时的确会像她所说的那样。

“那家伙，我们已经三年没见了。如果他还是以前那个样子，其实是一个很爱多管闲事的人。”

“……”

小佐内的脸上原本就黯淡无光，此时更加乌云密布了，仿佛接下来的高中生活必定一片黑暗似的。

虽然我很理解她的心情，但内心深处还是想替健吾辩护几句。

“不过你放心，健吾这个人挺好的！”

说完，我就意识到自己又说了蠢话。果不其然，小佐内轻轻摇了摇头。

“正因为是好人，才更令人担心。因为是好人，所以想逃也逃不掉，坏人反倒比较好应付。小鸠同学不也这么说过吗？”

的确如此。

不过健吾并不是我们忌惮的那种“好人”，不是那种打着某种旗号来接近我们的“好人”。当然，他也不是坏人。我该怎么解释好呢？

见我陷入沉默之中，小佐内赶忙补充道：

“你是不是在想该怎么跟我说？没关系啦，你不用为难，能被你当作朋友的人，想必也不会把我怎么样吧。”

“对，这么说也对！”

我始终对自己的含糊其词有点耿耿于怀，只好把剩下的咖啡也一点点喝完了。小佐内像是在配合我的节奏似的，也把柠檬茶一口气喝完。其实我和健吾，说不上有多好的交情，我对他始终有点敬而远之。不过我希望小佐内不要对他有什么成见，但关键还是要看小佐内自己怎么想，我也不能多说什么。

很快，我们的杯子都见底了。

小佐内像是下了很大决心似的说道：

“小鸠同学如果遇上什么麻烦事，可以拿我当挡箭牌哦。千万别客气，我没问题的。”

“当然，我不会客气的。”

我微笑着答道。

这就是我们之间的约定，毋庸置疑的约定。我可以拿小佐内当挡箭牌，她也可以拿我当挡箭牌，我会掩护她，她也会掩护我。我们就这样联手打造属于我们的平稳岁月。

对，马上要上高中了，这是我们二人不容错失的契机。

为了成为一名平凡的小市民，我们要开始飞奔了！

## 2

我们的高中生活，在平静中拉开了序幕。

新学年伊始，为了打造自己的人脉圈子，大部分人会先观望，或是审时度势、循序渐进。也有人一上来就大施拳脚、攻城略地。对于这样的人，我总会敬而远之，保持距离。

不久后，班上的同学都会卸下伪装，露出自己的真面目。

在四月过半之时，某一天放学后发生了一件事。

那天直到中午都还在下雨，放学时地面依然湿漉漉的。我和小佐内一起从四楼的一年级教室沿着楼梯往下走。

“你知道吗？”小佐内突然开口说道，“市区新开了一家可丽饼店呢，好想去吃啊。”

“好想去？你还没去过啊。”

“嗯，还没去过呢。我可不想跟别人挤，现在刚开业，肯定很多人。”

我笑着邀她：

“那一起去吧。”

“你要跟我去吗？”

我们商量着回家路上一起去看看，然后我的手机就振动起来。我拿出手机一看，不是邮件，是来电，是健吾打过来的。我示意小佐内等我一下，便接起了电话。

“健吾？”

电话那头，健吾的声音异常高亢。

“常悟朗，你还在学校吗？”

“嗯，我正准备回家呢。”

“过来帮个忙吧。”

突然说要帮忙，是发生什么事了吗？可是，我刚刚才和小佐内约好，总不能转头就把她晾在一边吧……

我用眼神征求了一下小佐内的意见，她歪着头问道：

“要多久啊？”

“健吾，需要多久啊？”

“多久？呃……估计要三十分钟左右吧。”

“要三十分钟啊……”

我又看了看小佐内，她看起来似乎有些不开心，然后垂下头说了一句“我等你”。

其实，她可以先回去的。可是既然她说要等我，那我只能接受她的决定了。

“好吧，三十分钟还可以，要是超过三十分钟，我可就要走了。”

"你有事啊？没问题，最多耽误你三十分钟。你现在在楼下吗？直接过来二楼东边的楼梯吧。"

健吾挂了电话，我还是礼貌性问了问小佐内要不要一起过去。但正如我所料，小佐内轻轻摇了摇头。

如果俯瞰船户高中的主教学楼，会发现它就像将"工"字的上面一横往右移、下面一横往左移后的形状。平行的两栋教学楼分别是北栋与南栋。一年级新生教室的楼梯在北栋，因此健吾所说的二楼，自然是指北栋二楼。

那么东侧的楼梯在哪里呢？既然已经知道北栋和南栋，要找出哪边是东边也不是什么难事，更何况学校的阶梯教室都清晰标注着"1F-W（一楼西）""3F-E（三楼东）"，东西南北一目了然。

我到达健吾指定的地点，他已经在那里等着了。他穿着学校的深绿色运动装，双手抱胸站在那儿，身旁还站着两男一女。其中一个男生和健吾一样身穿运动校服，另外一个和我一样穿着立领西式校服，女生则穿着水手服。穿西式校服的男生和穿水手服的女生，都在领子和胸前别着班徽。我瞄了一眼，二人都是一年级学生。那穿着运动装的男生，应该也是一年级的吧。

看到所有人都是一筹莫展的样子，我不禁脱口而出：

"哎呀，看来事情没那么简单啊。"

健吾愁眉苦脸地回应道：

"确实有点麻烦。"

“你要我帮什么忙啊？”

“呃……”健吾点了一下头，松开双臂继续说道，“想请你帮忙找一个东西——一个斜挎小皮包。”

斜挎小皮包？健吾不可能用这种东西。

于是，我把目光锁定在健吾身后穿着水手服的女生身上。随便评价别人的外表似乎不太合适，可是怎么说呢，这个女生给人的整体感觉有点呆萌。她长得十分乖巧秀气，身材也很好，是那种让人一看就会激起保护欲的萌妹子。不过，如果以会让人激起保护欲为比较基准，她还远远不及小佐内。

健吾留意到我的眼神，点了点头。

“被偷的，就是她的斜挎包。”

天啊，这下可有大麻烦了！

学校里发生窃盗案倒不是什么奇怪的事，可是居然有人敢在我们堂岛健吾同学的眼皮子底下偷东西。

健吾双手抱胸、紧攥双拳，眉头紧锁地说道：

“竟然有人这么无聊！连女生的包包都偷。”

“无聊？”

我的质疑，立刻换来健吾的狠狠一瞪。

“怎么了，对我的说法有意见吗？”

“没有，倒不是对你的说法有意见。而是……”

我忙着把话先圆回来，可是健吾似乎完全没有要追究的意思，而是用下巴示意我把话说完。没办法，我只好继续往下说：

“我只是想说，要是包包里面有钱的话，那就不是无不无聊的问题，而是犯罪了。”

“就算里面没钱也是犯罪呀。对了，吉口，包包里面有什么贵重物品吗？”

吉口，应该就是那个女生的名字了。与外表给人的感觉不同，她回答问题倒是挺干脆利落的。

“没有啊。只有护唇膏、圆珠笔，还有剪刀。呃，还有一本手账。”

“就这些？”

“嗯，就这些，我没放什么东西啊。”

看健吾和吉口讲话的口吻，他们很有可能是初中同学。不管怎样，现在看来包里似乎没有贵重物品，那就是说……

好吧，现在又没人要我推理，我在这里费什么工夫啊。健吾只是要我来帮忙找东西而已。我看了看另外两个在等待健吾发号施令的男生，然后问道：

“关于斜挎包被盗一事，我了解了。那现在呢？要我过来干什么？”

“你还真是开门见山直奔主题呀！”

我不置可否地耸了耸肩。健吾皱了一下眉，没理会我，而是继续自顾自地说道：

“说是被偷了，但到底是怎么回事现在也很难说，搞不好只是被藏起来了，总之我们先在校园里找找看。”

原来如此，健吾还挺冷静的嘛。也就是说，除了那个女生之外，另外两人也是挎包搜查队的志愿者？他们是像健吾一样好管闲事，还是被强行拉来义务帮忙的呢？我又看了看二人，其中一人体格强健，像是一个练家子，应该是在练柔道之类的运动项目；另一人中等身材，不胖不瘦，嘴边挂着不知所谓的讪笑，一副卑屈的样子。

“事情就是这样，大家行动起来吧。”

听了健吾的话，我笑了起来。

“行啊，小事一桩，应该用不了三十分钟就能解决。”

听我这么说，吉口转过身来对我说道：

“谢谢你啦……”

“小鸠。”

“小鸠同学。”

真没什么好客气的。这种单纯跑跑腿的活儿，给我多少都没问题。

“对了，吉口，你的挎包是什么样子的啊？”

健吾又问道。

吉口伸出手来比画了一下，大约三十厘米宽，比一般的小挎包要大一点。

“大概这么大。包身是暗红色的，背带是白色的，细细的一条。”

我原本打算不要多管闲事，洗耳恭听就好，可还是按捺不住又开口问道：

“你的包是什么时候不见的？”

“第六节体育课开始前还在，等上完体育课回来就不见了。”

也就是说，并不是她放在什么地方忘记拿回来，也不是弄丢了。

健吾频频点头。

“哦，红色和白色。”

他一边用手摸着下巴，一边喃喃说道：

“好，那就开始找吧。我找一楼，下村找三楼，常悟朗去二楼，高田上四楼。”

在健吾分配任务的空当，我又观察了一下。下村，就是满脸堆笑的男生;高田，则是身强体壮的男生。两人上了楼梯后，健吾又对我说了一句“拜托了”，便往楼下走去。

现场只剩下我和吉口。行动之前，我对吉口笑了笑，说道：

“那个……吉口同学，对吧？摊上这事也是够倒霉的。”

“是呀……”

吉口回应的声音小到几乎听不见。

我尽力笑着安慰她：

“包包不见已经够倒霉了，还要被健吾……被堂岛同学硬拉着去找，确实够烦的。”

说到这里，吉口像是如释重负般轻轻叹了一口气。

“不会，也不是他硬拉着我去找的，我很感激他肯帮我。包不见了真的很麻烦呢。只是，搞得这么紧张兮兮的，实在有点……而且三个帮忙的都是男生，看起来好像我故意向男生献媚一样，这让我很郁闷。”

所以，准确地说，她苦恼的点是不想让其他同学误会她矫揉造作。看来这女生也是同道中人啊，应该是我们光荣低调的小市民俱乐部的成员才对。

我耸耸肩，说道：

“我并不打算卖你人情哦。我是帮健吾，而不是帮吉口同学。要不，你就负责找男生无法进入的区域吧。”

那么，我也赶紧开工，早点找到，就不用让小佐内等那么久了。

我被分配到二楼，这里主要是三年级的教室。若是有人蓄意把包藏起来，应该不会藏到三年级的教室里才对。

不在教室里的话，要找的地方就屈指可数了。船高的储物柜都设置在教室后方，走廊只供人行走，摆放的物品也非常少。不过既然已经答应别人帮忙找，还是要仔仔细细搜索一番的。饮水机后面、男生厕所——应该不会藏在这些地方。

道理很简单。如果包包是被人偷走后藏起来的，那小偷应该不会是男生；如果小偷是女生，也没法进入男厕所。至于饮水机后面，就更显而易见了，那里根本就没有任何可供藏匿的空间。

我从北栋二楼最东边开始找起，一路找到了西边的尽头。虽然我已经动用全身的感官聚焦于搜查，可还是没发现一丁点斜挎包的踪影。我只好穿过连接北栋和南栋的回廊，一边往回走，一边找。回廊已经有些破旧，立柱的钢筋都已裸露出来。不过，这些钢筋下面不正是藏东西的好地方吗？意识到这个细节，我打算再回去好好检查一下这条回廊。

回廊上装着窗户，恰好可以看到中庭。

我侧着身子搜寻了立柱下方，又起身伸长脖子看了看立柱的周围。船中的回廊和教室一样，用的都是亚麻环保地板，鞋子踩在地板上会发出吱吱的摩擦声。真没想到，找一个包包竟会如此累。

搜索回廊的过程比想象中更费劲。在南栋转了一圈后，我又穿过回廊想返回北栋。二楼回廊已经全部找过了，是去三年级的教室里看看，还是去上锁的空教室找找呢？可是，不管是哪里，都不像是斜挎包的藏身之所。既然如此，还有必要进去找吗？

现在到底几点了？我有点担心时间已晚，但是恰好今天又忘了戴表，于是只好拿出手机准备看看时间。手机上有一个未接来电，是健吾打过来的。手机被我调成了振动模式，所以没注意到有电话打进来。希望不是什么急事——我一边想着，一边回拨。

在电话打通的瞬间，对方就接了起来。电话那头立刻传来了健吾暴怒的吼叫声：

“高田！”

拜托，好歹也看一下来电显示嘛。我一边在心里吐槽，一边心平气和地回应道：

“不好意思，不是你期待的高田，是我，小鸠。”

健吾毫不掩饰地发出了失望的叹息。

“原来是你啊。常悟朗，你现在在哪里？”

“二楼的回廊。二楼，我已经全部找过了。”

“很好，那我们先碰头。我过去你那边。听好了！待在原地别动，就在那里等我！”

这么紧张兮兮干吗？就算不说，我也没打算挪地方啊。

“好的。”

“我马上到。”

健吾说完便挂了电话。我按照着他的指示老老实实待在原地等候。此刻，小佐内肯定也是这样在楼梯口等着我吧。

健吾所言不虚，说马上到果然马上就到了，不到一分钟就出现在我面前。他的神色异常严峻。

我不禁问道：

“出什么事了？”

“啊……就是高田那家伙一直乱跑，害我怎么也找不到他。”

高田？就是挎包搜查队里穿运动服的男生。

“找不到他？什么状况？”

这时，我才留意到健吾说话都喘着粗气。

“他打电话过来说已经找完了，所以我就像现在这样准备和他会合。可是，那家伙还没听清楚我说在哪里碰头，就匆匆忙忙挂断了电话。我去了他说的地方，结果他又不在那边。当我再打电话过去问，他一下子说在三楼，一下子又说是四楼，一会儿是西边，一会儿又在东边，刚刚还说在北栋，待会儿又变成了南栋。把我绕得团团转！”

“哈哈哈。”

我的脑海中立刻浮现两人东奔西走的画面了——船中的教学楼就像一个玩具模型屋，健吾和高田两个小人在里面却找不到彼此，急得像热锅上的蚂蚁。这场景，特别像小时候看过的小品。

“你在那儿阴笑什么啊。”

“没有没有，怎么会……那可够惨的。”

健吾用鼻子哼了一声。

“对了，不是还有另外一个男生吗？”

我一问，健吾便更气愤地说：

“你是说下村吗？他早就开溜了。我们一分头行动，那小子就跑了。”

“什么？”

我又拿出手机想看看时间。哎呀，差不多三十分钟了，看来健吾这边也不需要我了，还是跟他说一声就走吧。我正要开口，他伸手按住了我。这是要我再等一下吗？原来，他有电话打进来了。健吾打开振动的折叠手机，接起电话。他恶狠狠地吼道：

“高田！你给我听着，待在那里别动！别挂电话！混蛋！”

可以想象，刚才他接我电话的时候就是这副暴怒的模样吧。

别看健吾这人心直口快，但一般是不会这样骂人的。不过，也许三年没见，他已经今时不同往日了？可是，据我所知，他是不会轻易大声骂人的。可能正是因为这样，高田才会完全不当一回事，害得他像一个没头苍蝇一样跑来跑去。

“现在？我在教学楼的回廊上，二楼的。我和常悟朗……对，和小鸠会合了。你也……什么？你在外面？”

健吾一边说着，一边往窗边走去。

我也跟着他一起看向窗外。楼梯口不远处，一个男生将左手贴着耳朵，用右手朝着我们这边用力地挥舞着，像是在拼命地说“我在这里”。我不禁暗想，打死我也不会在大庭广众之下做出这么夸张的动作。

“看到你了。你给我听好，别挂电话！你现在过来北栋二楼的东边楼梯，就是刚刚我们和吉口分开的地方。听懂了吧，猫捉老鼠的游戏就到此为止了啊！”

挂断电话后，健吾气得哇哇直叫：

“高田那家伙，竟然说：‘这话应该是我说才对！’”

之后，我们回到出发地点集合。下村已经抢先离开，而吉口找了一圈就回到原地等消息了。跑过来的高田气喘吁吁，运动装的裤脚也弄湿了。我则比较在意时间，不过考虑到应该也快解散了，我决定还是奉陪到底吧。

健吾让大家汇报情况，然而收获的唯一信息就是没有人有值得报告的情况。等一下要是还要继续搜寻的话，我就不得不先行告辞了。幸好，最后的结论是再找下去也没结果。

健吾又双手抱胸，颇为不满地碎碎念道：

“如果再找不到，那就只有报警了。”

“报警？太夸张了吧。还是先找老师吧。”

高田吃惊地大叫起来。

健吾随即开始分析利弊，缓缓说道：

“不知道船中的辅导员靠不靠谱，我觉得十有八九都没什么用。东西被偷，这就是窃盗案啊。我倒不是觉得按法律办事有多了不起，纯粹就是看不惯连女生的包包都偷的行为。”

就算被偷的是男生的包包，估计健吾也同样看不惯吧。

我个人也不赞成健吾的这个提议。小市民怎么会和警察扯上关系呢？再说，辅导员不会为了一个包包而有所行动，警察就更不可能为了一个没有贵重物品的包包而过来了。当然，我也不会坚决反对，毕竟这是别人的事。这么说好像有点事不关己，可本来就是这么一回事嘛。

而且，我觉得吉口应该也不会赞成吧。如果我的感觉是对的，吉口也属于我们小市民行列的话，她肯定也不想搞到要劳烦警察吧。

然而，吉口的回答与我的推测完全背道而驰！

“嗯，我也打算报案了。”

没想到被偷东西后，她会如此气愤。

听到吉口同意，健吾点点头。

“不过，这么说可能有点委屈吉口同学了，只是丢了一个斜挎包，警察是绝对不会帮我们找的。”

这是什么神转折？既然明白这一点，刚才干吗义愤填膺地说了那么多？

“可是，如果我们报案，警方就会通知学校，校方就不得不有所行动了。校方有所行动，小偷自然无处藏身。要报案就得尽快，咱们明天就去吧。”

有意思！我不禁感叹：

“健吾，你还真是熟门熟路啊。”

健吾脸上没有一丝得意的神情，他若无其事地说道：

“初中我就做过类似的事了。”

这可真是，真是……

可是，我总觉得事情有点不妥。高中生活才刚开了个头，就为了一个斜挎包搞到鸡犬不宁，连学校老师都被牵涉其中。这简直是对我小市民信仰的一大讽刺。当然我也可以放手不管自己溜掉，可是……怎么办好呢？

今天姑且先看看事态的发展吧。我看了看手机的时间，早已超过了约定的三十分钟。

## 3

都已经超过三十分钟，小佐内还一直站在楼梯口前面等着我。

“不好意思啊，莫名其妙害你等了这么久。”

小佐内轻轻摇了摇头。

“没事，反正我喜欢等人。”

最近我也变成了这样。等人，是完全把主导权交给对方，而让人等则恰恰相反，所以我也喜欢等人多于让人等。

这时，小佐内小声问道：

“都已经这时间了，还去吗？”

“你说可丽饼店吗？去啊！不过你能不能先听我说一件事，我想听听你的看法。”

小佐内一脸茫然地问道：

“什么事啊？”

“你且听我一一道来。”

我把刚刚三十多分钟内发生的事情一五一十地告诉了小佐内。

“哼……”

我话音刚落，小佐内就有点气愤地哼了一声。

“怎么了？”

“这个堂岛同学，真是……”

“你很烦他吧？”

“那倒不会。如果身边有这样的人，还真的挺难缠的，不过我倒是乐得远远地看他会搞出什么花样来。”

我苦笑了一下。

“你说得对，也许这才是我和健吾之间正确的交往方式啊。”

我环顾四周，确定健吾、高田和吉口都不在，才继续往下说：

“这件事，我想在健吾报案前解决，不想把事情闹大。”

“我明白你的意思，不过……你是要自己解决？”

“对！”

小佐内将眼睛瞪得圆圆的，问道：

“就是说，你要当侦探，然后破案？”

才不是呢，怎么可能！我用力摇摇头。

“不是不是，我只是想找到斜挎包，再悄悄放回吉口同学的教室而已。这样既不会把事情搞到人尽皆知，也不用弄到要出动警方。我觉得，这么做应该最稳妥。”

“能行吗？”小佐内似乎仍不放心。

“小鸠同学，这样做真的能行得通吗？你们五个人花了半个小时都没找到，会不会早就不在学校里了？”

没错，这就是问题的关键所在。刚刚与健吾等人分开后，我在去找小佐内的路上，一直在思考这一点。

我把自己的结论告诉了小佐内。

“的确有可能。我觉得，这个案子只要根据目击者的证词，就能找到头绪了。”

“目击者？是谁？”

“回答这个问题之前，我先问你，高田同学是故意把健吾绕得团团转，对不对？”

小佐内毫不讶异地点点头。

“对。”

她示意我继续说下去。

在算不上大的教学楼里，健吾和高田竟然能像演小品一样一再上演错过的戏码，这未免太不正常了。何况，说要会合，高田却连会合地点都没问就挂断了电话，就算是粗枝大叶，可一而再再而三都如此的话，也未免太奇怪了。因此，我觉得，已经抓狂的健吾可能根本没料到，高田压根就没打算和他会合。而且……

“其中有两点特别可疑。”

“两点？不是只有一点吗？也就是——高田为什么要让健吾在教学楼里团团转吗？”

这当然是其中一点。

我笑着点点头，继续说道：

“另外一点，就是为什么高田要特地跑到外面向我们挥手。专门在熙熙攘攘的下课人潮中对着教学楼挥手，在我看来，也极不合常理。”

我觉得奇怪，想必小佐内也有同样的感受。然而，小佐内提出了不同的看法。

“但是也有那种人吧，本来就属于肢体语言特别夸张的类型。”

“你说得也有道理，可是没必要专门跑到外面去吧。明明都已经通过手机联系上了，干吗还要特意让我们看到他在哪里呢？”

被我一问，小佐内陷入了沉思。很多放学的学生经过，好奇地打量着亲密交谈着的我们。这么说可能有点自我膨胀，不过这样也算是宣示我们是一伙儿的，以备后患吧。话虽如此，我还是觉得有点不好意思，于是拉着小佐内走到旁边医务室的前面。

小佐内像是自言自语般，断断续续地说道：

“也许，他就是想挥挥手？或者……他只是想穿上外穿的鞋子？换个角度来说，他是想脱掉进入教学楼要穿的室内鞋？”

“我可不这么认为。”

小佐内仰起头看着我说：

“小鸠同学，你心里是不是已经有答案了？”

我抓了抓脸。

“嗯。”

“是吗？小鸠同学果然已经进行了一番推理呀。”

被她这么一说，我竟无言以对。小佐内的声音冷冰冰的，还透着寒意。

我赶忙解释道：

“没有啦，也算不上是推理。”

小佐内叹了一口气后，将视线从我身上移开。

为了掩饰自己的内疚，我连珠炮似的匆忙把说话完。

“那个……然后，高田跑到外面挥手，正是为了掩饰他之前一直隐藏在某处的事实。”

“嗯？”

“所以呢……小佐内同学，我刚刚说过高田与健吾两人都穿着运动服吧。”

“是的，你说了。”

“刚才外面一直在下雨，所以湿漉漉的。如果高田没按照健吾吩咐的那样去四楼，而是避开健吾从楼梯口去了外面，而且为了尽快处理某个东西，他不得不跑步前往。”

小佐内微微点了点头。

“原来如此，所以他把运动装的裤脚弄湿了。”

“高田担心晚一点，大家会合时会被人发现自己的裤脚弄湿了，可是弄湿的衣服又没那么容易就能弄干。于是，他算好时间，当着我们的面出现在教学楼外，让我们以为他的运动服是那时候弄湿的。除了这个，我想不到他还有什么非去外面不可的理由。”

我喘了一口气，继续说道：

“结合健吾说他打电话的时候高田已经不在四楼这一点，就可以推测，高田应该很长一段时间都一直待在外面。不过，为了保险起见，有个证明就更好了。为了计算好站在外面对健吾挥手的时间，高田势必得在楼梯口附近等待才行。而我所说的目击者，就是刚好看到这一幕的人。”

“嗯，嗯。”小佐内同学一边点头认同，一边惊讶地指着自己问道：“你是说我？”

我笑了笑。

“没错。接下来，我就要问问目击者了。你在楼梯口等我的时候，有没有看到一个作运动服打扮的男生接了好几次电话？”

小佐内毫不迟疑地立刻答道：

“有啊。一个身穿运动装，身强体壮的男生。”

BINGO!

“那就没错了。所以，我猜吉口同学的斜挎包，八成被藏在了教学楼附近的某处，应该是在一个有屋顶的地方。”

“健吾说，包包不是被偷了就是被藏了起来。如果是偷，那自然是为了求财；如果是藏，那肯定是怀有什么不可告人的目的。”

湿答答的柏油路面上到处都是水洼，我们一边走，一边聊着——

“难道高田是在搞恶作剧，才把吉口同学的斜挎包藏起来了？”

“我觉得应该不是。你想，要是恶作剧的话，与其把包包藏起来，还不如直接丢进垃圾桶更好。”

“应该，也不会是偷吧。要是偷的话，怎么还会一起帮忙找呢？一早就赶紧放学回家了呀。”

我刚刚连钢筋立柱和饮水机的角落都已经找过了，现在还得看看屋檐下的花坛和树丛里有没有。一个人在花坛或是树丛里钻来钻去，就算是光明正大地找东西，也显得有些鬼鬼祟祟。两个人一起的话，就会让人感觉是有什么特殊原因才不得不如此。这也是我和小佐内一起行动的好处之一。

“小鸠同学，你怎么看？”

“呃，我觉得除了偷和藏之外，还有另外一种可能性，那就是‘转移视线’。”

“转移视线？”

“偷走包包的人可能只是要把某样东西放进包里，或者要从包里拿出某样东西，然而这个举动花费了太长时间没能顺利完成，所以他只能把包暂时拿走，让吉口同学一时找不到包。这就是我所谓的‘转移视线’。”

也就是说，“小偷”本来是有意将斜挎包还给吉口同学的。既然如此，他就不可能让包包淋到雨，所以一定是将包藏在了一个有屋檐的地方。按理说，反正“小偷”会送还包包，我们就没必要暗地里自行寻找了，只是他“转移视线”后想再恢复原状要花费点时间，搞不好会弄到明天傍晚，到那时吉口同学可能已经报警了，所以现在还是由我们赶快把包包找出来比较稳妥。

“‘小偷’转移视线到底是要掩饰什么，关于这一点我还没搞清楚，只是推测了几种可能性……”

“确实如此呢。”

小佐内听了之后只是低声应了一下，接着安静且专心致志地搜寻起来。

我们一路找到教学楼的后面。

刚转过去，我一眼就看到一个相当可疑的地方。

教学楼后面有一间小屋，墙上标示着“液化气库房”“严禁烟火”。小屋的入口处，铁门紧闭，但是铁门与水泥地板间有一条相当宽的缝隙。我对小佐内使了一个眼色，走近小屋。我目不转睛地看着湿漉漉的地面，蹲下身去。果然在这里！一罐液化气的旁边露出一条白色的背带，我伸手一拉，一个红色的小包被拽了出来。

我拿起小包朝小佐内晃了晃。

她脸上的神情称不上是兴高采烈，不过也算是眉开眼笑地为我鼓起掌来。

“小鸠同学，果然不同凡响！”

我的脸颊突然一阵发热。不过这并不是因为开心得意。

娇小的小佐内微微屈膝蹲在我旁边，我拿起斜挎包递给她。她仔细地观察着那个包包，说道：

“要……看一下包里面吗？”

“我是不想看啦，不过为了决定下一步该怎么操作，只能看一下吧。”

吉口同学，对不起了！我在心里默默向当事人致歉后打开了挎包。

吉口明明说包里没放什么东西，可我实际打开一看，发现其实东西还真不少。各种颜色的圆珠笔放了好几支，荧光笔也有好几支，不知为何就连手账都有两本。当然，手账里的内容就没必要去探究了。

我记得她说过有剪刀，所以便小心翼翼地把手伸进包内，但拿出的是一个前端是圆的，看起来像玩具一样的儿童剪刀，八成是用来剪大头贴的。另外还有护唇膏和小镜子。

我翻了一遍，最后从包包的最底部掉出一个东西。

“……就是这个吧。”

这是一个信封，淡淡的湖蓝色，不对，更接近青灰色。信封上写着“吉口同学收”。我翻过背面，署名是“高田容一”。

“怎么会是一封信？”

没想到，我们最后找到的竟然是这样一个东西。我原本以为会是窃听器之类的物件呢。我想象中的画面，应该是小偷割开包包的布面，把窃听器悄悄藏进去再缝起来。然而，现在手中这玩意儿，怎么看都不过是一个普通信封而已。我想透过光看看里面装了什么，可是现在乌云密布，光线不足，完全看不见里面的东西。

小佐内丝毫不理会在一旁抓耳挠腮的我，感慨道：

“哈，原来如此。”

她一副了然于胸的样子，一定是想到了什么。

我正要开口问，耳边突然传来一声尖锐的叫声。

“你小子在干吗？”

我猛然一惊转过头去，不禁小声嘀咕了一句：

“这也太不凑巧了吧。”

来人正是高田。他满面通红，怒气冲冲地站在那里。我感觉当下要是不小心激怒他，必定会被暴揍一顿。

不用说，此时小佐内已经迅速藏到我身后了。

高田看到我手上拿着的斜挎包和信封，恶狠狠地喊道：

“你这家伙！是不是叫小鸠来着？你干吗偷看别人的包包！”

哎呀，糟糕！这次搞不好要被一顿狠揍了。我讨厌警察，更讨厌暴力，何况当事人还是自己。

更惨的是，现在我们已经无路可逃了。就算现在逃掉，也只会从此多了一个仇家。三年高中生活才刚刚开始，我可不想这么快就树敌。高田一步步向我逼近。我盯着他的脚心中暗想：他的运动服裤脚果然被弄湿了。

突然，我手上的包包和信封都被抢走了。

咦？怎么是从我背后伸出的手？

原来是小佐内突然伸手拿走了我手上的东西。

更离谱的是，高田似乎这才发现小佐内也在。他的眼睛睁得大大的，无比惊讶地问道：

“你……又是谁啊？”

“我是小佐内，小鸠同学的朋友。”

小佐内用细弱蚊蚋的声音报上名字。

高田用鼻子冷哼一声，似乎根本没把她放在眼里。

他正要继续向前走，小佐内突然厉声制止道：

“你别乱动！”

如果被松鼠吓到，大概会露出这样的表情吧——高田愣在原地，原本的气势也削弱了大半。

小佐内把斜挎包和信封抱在胸前继续说道：

“你要是再靠近一步的话……”

再靠近一步会怎样？

“我就立刻跑出去，跑到人多的地方，找到吉口同学，把东西交给她。你想我这么做吗？”

“……”

高田默不作声。

要是两人展开追逐战，肯定是高田的行动比较迅速。可是他要想强行从小佐内手上抢过斜挎包，未免太过扎眼。再说，如果小佐内真要逃出去，那我一定会阻止高田。没办法，毕竟我和她有约在先，要互相掩护的。所以，拜托了，小佐内，千万不要跑啊！

双方剑拔弩张地对峙了一阵子。

高田似乎想找一个最佳处理方案，可是到最后，他叹了一口气，选择了放弃。

“好啦，是我不对。”

小佐内则像是松了一口气般全身瘫软下来，我也长吁一口气。我正思酌着小佐内下一步会如何行动，谁料她自己走向高田，把手里的包包和信封都递给了高田。

“欸？”这回反倒是高田吃了一惊。

他难以置信地看着我们，又看看手上的东西。

小佐内把包包和信封交到高田手上，立马又将半个身子藏在我身后，把我当挡箭牌一样置于身前。她用高田勉强能听到的呢喃细语说道：

"那……是情书吧？你没勇气当面交给吉口同学，所以就放进了她的包里。可是想了想又觉得不妥，想拿回来的时候，刚好有人走进教室，所以你就把包包藏了起来。对不对？"

高田整个人都怔在了原地。

这就说明，小佐内的猜想完全正确。

高田趁吉口不在时，把装着情书的信封塞进了吉口的斜挎包里。他想用这种方式把情书交到吉口手上，可是很快又后悔了，毕竟这种做法太没风度。要是有人擅自把东西塞进自己的包里，换谁都会生气吧。搞成那样，就更别说表白了。可能高田是想到了这一点，于是想拿回情书。可是要从塞满东西且乱七八糟的包包里找出情书也不是一件容易的事。他一时情急，只好把包包藏了起来。放学后，他为了混淆视听，不让健吾他们发现，便参与寻找包包的行动，借机把包包转移到教学楼外的隐蔽处。这就是整件事情的经过了。

当然，信封里面也可能不是情书，而是别的内容。不过，情况还是一样的。看当事人的态度，已经说明了一切，真相就是如此。

小佐内像是从小小的身躯中调动了全部能量，继续咄咄逼人地追问道：

"你这么做，有什么资格责怪小鸠同学查看包包呢？"

我以为这下又会惹火高田，但没想到他像斗败的公鸡一样已然泄了气。看到他的样子，我也卸下了防备。

高田自嘲般地笑了笑，说道：

"你说得对。我真是太笨了，大概是脑子进水了。"

“你明白就好，那我们告辞了。”

小佐内说着，便拉了拉我的校服下摆，准备扬长而去。

看来事情已经顺利地和平解决了，我也松了一口气。

在我们正准备转身离开时，身后传来了高田哀怨的声音。

“可是你们应该能够明白我的心情吧。如果你们相互爱慕，一定明白我是怀着怎样的心情把信放进去的。”

我们两人面面相觑。他的这个假设……

我们同时对高田点点头，然后转身快步离开了现场。

新开的这家可丽饼店，对我的味蕾来说过于甜腻。巧克力香蕉可丽饼还剩下一大半，我已经有点吃不下了。

这时，小佐内突然对我说：

“小鸠同学，你说，在找包包时高田同学干吗不假装自己找到了呢？为什么非要坚持事后再悄悄送回去呢？”

我一看，她已经干掉了自己的苹果酱可丽饼。真是太厉害了！我舔了一口可丽饼上的鲜奶油，说道：

“如果是你，你会这么做吗？”

小佐内歪着头，望向远方沉思了片刻，有点羞涩地回答道：

“我应该也不会。没法掩人耳目……而且做贼心虚啊。”

“放学后，高田把斜挎包转移到教学楼外时，其实有机会取回情书。虽然也没有必要急着把情书拿回去，不过他应该是一时情急自己都忘了，只是一心想着不能让大家知道是他偷的。”

毕竟当时健吾那么义愤填膺。我想起健吾当时慷慨激昂的样子，不禁扑哧一声笑了出来。

明天吉口应该不用报警了，想必高田今天就会把斜挎包放回吉口的抽屉里。虽说这一切已经与我无关，不过我还是想为高田默默祈祷，希望他能够成功地把包还回去。高中生活来日方长，以后他一定还能找到合适的机会再次表白吧。

我的手机铃声响了一下，是健吾发来的邮件。

“斜挎包已找到，没抓到小偷。”

完美的结局！能够大事化小、小事化了，实在太好了！我关掉了手机。

小佐内老早就吃完了可丽饼，一副百无聊赖的样子。她眺望着窗外的街景，像是喃喃自语般说道：

“小鸠同学，我问你……你能体会那种感觉吗？暗恋一个人，本想把情书好好地交到对方手中，却在机缘巧合下匆忙地塞进了对方的私人物品中。那是怎样的心情啊？”

“……”

我听着小佐内的话，脑海中却一直在想：这个可丽饼真是甜过头了。

“他说我们应该能够明白那种感觉，可是……”

不行了，我不得不对小佐内说声抱歉了。

我实在吃不下去了，只好把巧克力香蕉可丽饼放回托盘里，长叹了一口气。

“我不懂，我是这种事情的绝缘体。”

如果我们想理解那种情绪，自然有一天会体会到。只是现在，这种事对我而言根本就不值一提。如果不是我在这里细嚼慢咽，吃得这么慢，小佐内应该也不会说出这番话了吧。

暮色降临。

“说得也是啊……我也是这样。”

小佐内仍然面向窗子，落日余晖映红了她的脸庞。

For your eyes only

## 1

人生总有那么一刻，灿若夏花，无与伦比。漫长人生起起伏伏，但它并不是人生路上的某一次高潮，而是独一无二且毋庸置疑的人生巅峰。我们都憧憬着那一刻的到来，渴望目睹那转瞬即逝的绚烂。然而，它可遇不可求，我们只能翘首以待。

那样的瞬间并没有到来，无可奈何之下我们只好寻找替代品聊以慰藉。因而，人们总被“只有现在”“只在这里”“只有这样”这些带有限定字眼的句子撩动心弦，也是情理之中。更别提“只有你”这样的煽情文字了，就算是陈词滥调，依然让人无法抗拒，进而怦然心动。

所以，手机里一旦收到写着：“For your eyes only！只偷偷给你看哦！”这样的句子，想必谁都会想先睹为快、一探究竟吧。何况手机的主人，还是年少轻狂的高一学生。这种向往来自对美的憧憬，是极其崇高的追求。

我想把以上的内容完整地表述出来，却无法恰如其分地组织好自己的语言。

在我一时语塞之际，小佐内微红着脸颊，喃喃细语道：

“原来，小鸠同学也会打开这种邮件啊？”

接着，她又补充一句：

“呃……我倒不是在意什么啦。”

从后面偷窥别人手机的行为，是一种低级的趣味。可是小佐内一贯都是站在我身后，因此自然就会看到我手机的屏幕。所以，要怪只能怪我自己看这种群发的广告邮件时没背靠着墙站。我正要辩解几句，小佐内已经迅速与我拉开几步的距离，脸颊上泛着红晕，站在一边翻起了意大利菜的美食食谱。

入学已一个多月，我和小佐内都没有参加任何课后的社团活动。所以，一下课，我们就回家了。回家的路上，我们会经过一间大型书店。这家店的占地面积很大，可惜摆放的不过是一些到处都有的平常书籍。虽说少了一些趣致，可回家的路上我们还是会绕进去逛逛打发一下时间。放学后和小佐内一起站着看看书，成了我每天的新功课。

小佐内一直盯着意大利菜的食谱，努力假装没留意我。我叹了一口气，合上手机，随意翻阅着书架上的杂志。“春之京都 小旅行”——封面上斗大的几个字吸引了我的目光。我拿起来翻了翻，杂志上五彩斑斓的京都风味菜颜色鲜艳，让人不觉食指大动。这时，从我的正后方传来一阵如同嗫喏般的低声细语。

“这种东西，应该很贵吧……”

我一转身，小佐内就把头埋了下去。她刚刚明明还在那边看食谱的啊……不行，不行，千万不能表现出吓一跳的样子。这样就吓一跳的话，今后还怎么继续待在小佐内的身边呢？我立刻绽放出笑容，说道：

“放心，我并没有按什么不该按的键啊。”

“不该按的键？”小佐内说完后，又闪到了一边。

这回她开始埋头看起了做蛋糕的烘焙书。我一边用余光偷瞄着她的模样，一边翻弄着杂志。我随手翻开一页，出现了如镜像般层层叠叠地排成一列的鸟居照片。原来这就是伏见稻荷呀——就在我的注意力被杂志上的照片吸引时——

“呃，小鸠同学……”

不知何时，小佐内又来到了我的身后。

她为什么总是选择站到别人身后呢？明明可以站在旁边的啊。

“刚刚的邮件……”

你不是说不在意的吗？我不就是经不住煽情标题的吸引，点开了一封垃圾邮件嘛，有必要被责备成这个样子吗？正在我无比尴尬地环视店内，恨不得找一条路立刻逃走时——

“哦！”

平常我不敢说自己有多走运，不过今天的运气似乎还不错。对面那堵墙旁边有一排低矮的书架，在书架尽头，我发现了一张熟悉的面孔。

一直在漫画区盯着书架看的那个人，不就是……

“呀，那不是健吾吗？我去打个招呼。”

我像背台词一样迅速说完，故意看都不看有话要说的小佐内，自顾自地朝健吾走去。

健吾也留意到我，然后不知为何立刻向我招了招手，示意我快点过去。无事献殷勤，这不像他的作风啊。更奇怪的是，他居然会在漫画区出现。据我所知，他是从来不看漫画的。

健吾双手抱胸，眉头微皱。我猜他大概又遇上什么事了，于是故作轻松地问道：

“真稀罕啊，居然会在书店遇见你。来找书吗？”

健吾翻了一个白眼，用粗犷的声音回答道：

“呃，我也不知道该看哪本……对啊，你不是脑子很好使的吗？”

“什么意思啊？干吗没头没脑地冒出这么一句话来？”

我明显有些心虚，可是健吾全然不顾，继续说道：

“你知道有什么好看的漫画吗？介绍一本吧。”

嗯？我还以为这个直来直去的家伙对编造的故事一点儿兴趣都没有呢，没想到他居然想看漫画。这个健吾，一副神色严峻的样子，真是小题大做。

“哦，好啊！”

虽然这点小事未免太大材小用了，但是我欣然接受了这个任务。

对漫画，我也说不上多了解，不过随便推荐几本还是没问题的。一开始就叫他看玄幻风或是性别颠倒类型的，恐怕不太适合，还是先从运动类的看起比较好吧。于是，我抽出手边的一本漫画。它虽然没什么新意，不过通俗易懂，册数也少，应该可以买得下手。

不过，健吾看了看我手中的漫画后，歪着头问：

“常悟朗，这个算画得好的吗？”

“你是要找那种画得美轮美奂的漫画吗？”

“……算是吧。”

“算是？如此模棱两可。”

“所以我才会说，我也不知道要找什么嘛！”

这样我也不知道该从何下手了。如果要论画技出色的……我从青少年漫画杂志的架上找了两本，又顺手从少女漫画杂志架上抽出一本。

“这种感觉的，怎么样？”

“呃……”

健吾郑重其事地接过漫画，喃喃自语了一声。我正想说，如果要看这几本的话要有心理准备，有些故事可能会中二（**注：源自日本，指青春期特有的思想、行动和价值观等**）到无可救药。他却猛然用力点点头，说道：

“不错，果然比刚刚的画法要细腻。”

“其实很多漫画只是封面的画风细腻而已！”

“所以，你很懂画？”

什么？

“画？你特地用‘画’这个词，那说的应该不是漫画，而是艺术类的绘画吧？”

“对啊！”

“有……”

有病啊——我硬生生地把后半句吞了下去。

“我觉得吧，知道哪个漫画家画得好，和一个人的艺术审美眼光基本没太大关系。”

“是吗？”

“要说绘画艺术，我欣赏的是印象派。”

其实我这么说纯粹只是自嘲。这句话的意思是——我的鉴赏力就只是一个普通小市民的水平而已。然而，健吾听完后立刻变得兴致盎然。

“厉害啊，你还有欣赏的流派，那可比我强多了。”

这个嘛，要是我们来比的话，不是我妄自尊大，应该确实是我略占上风。

健吾思量片刻，又说道：

“有一件与绘画相关的事，我一直想不明白，想借用一下你的智慧。”

“借我的智慧？”

我瞄了一眼在美食食谱区的小佐内，她一手拿着蛋糕烘焙书，眼睛却看着这边。我们的视线对上了。

“我还没聪明到可以借你智慧吧。手倒是可以借给你，帮你打个下手之类的。”

“就你那纤纤玉手，借过来也没什么用。总之，先跟我去现场看看那幅画，其他细节我们到时候再说！”

太过分了吧，居然说我是纤纤玉手！我的体能测试，每个项目基本都达到了平均线好吗？虽然和健吾比起来，我的手确实纤细不少。

不过，更令我好奇的是，与“艺术鉴赏”基本无缘的健吾到底在搞什么鬼呢？至于借不借智慧，帮不帮忙，倒是可以看看他在干什么再决定也不迟。

“哦，好啊！”

我回应道。

健吾欣然点点头。画就放在学校，所以我们约好明天放学后，他再发邮件和我联系。之后，他丢下漫画扬长而去，没派上用场的三本漫画，自然变成了由我来收拾。

这时，我突然想起了小佐内。等我再往美食食谱区一看，她早已不见踪影。小个子还真麻烦，一下子就看不见人影了。我心里抱怨着，刚一转身就不知和什么撞了个满怀，发出一声闷响。

“啊！”

我手中的漫画，不偏不倚地刚刚好砸在了对方的额头上。原来是站在我身后的小佐内。她向后退了两三步，揉着额头，一言不发地看着我。

“那个，小佐内同学。”

“……”

“这样很危险啊，你还是尽量不要站在我身后吧。”

“……就这样而已啊？”

“对不起。”

小佐内微微颔首。

“有什么事啊？”

我问完，她就像忘却了自己被撞一样，揉着额头，然后猛然抬起头，说道：

“就是刚刚那个。”

“哪个？”

“‘只偷偷给你看哦’那个……”

怎么还抓着这个不放啊。我不由得吸了一口气，倒退了两步。

小佐内慌忙摇摇头。

“我要说的不是那封垃圾邮件的内容啦，而是看到那个标题，想起一件事。”

“想起什么？”

我战战兢兢地问道。

小佐内莞尔一笑。

“就是那个啊。‘爱丽丝’的春季限定草莓挞，今天可是最后一天了呀。”

“噢，那个呀……”

“小鸠同学，要不要陪我一起去？”

她开口约我，我自然很荣幸，不过我心里也非常清楚她为什么会约我。明明知道问只会徒增悲伤，我还是忍不住问道：

“是不是因为那个草莓挞，限定每人只能买一个啊？”

“嗯！”

小佐内的回答异常爽快。

从我们所在的书店到“爱丽丝”还有一段距离。小佐内有自行车还好，我却要凭两条腿走过去，就未免太远了。我们商议了一番，决定调高自行车的座椅，由我骑车载她过去。

不过，最令人担忧的是她那辆银亮亮的小自行车。她个头小，腿也短，她的自行车我骑得了吗？我把自行车的座椅调到最高一格，还好是我多虑了。

虽然没有亲口问过她，但我猜她的体重应该还不到四十公斤。就算载着她骑车，踩起脚踏板来也丝毫不费气力。只是，她不是跨坐在后座，而是侧坐着，为了保持身体平衡，还用一只手搂着我。她不是搂着腰，而是勒着我的脖子，让我完全无法正常呼吸。

远处传来一阵大喇叭的嘈杂声。

“……我们将立足于市民需求，建设以人为本的温情城市……共同开创光明的未来……感谢大家的支持！感谢大家的厚爱……”

声音越来越近，越来越清晰。原来是市议员选举的宣传车。我们还没到法定投票年龄，所以选举和我们没有多大关系。缓慢前行的宣传车造成了拥堵。我不禁暗想，后面几辆车的人一定不会给这个候选人投票吧。

我去过几次“爱丽丝”，它的店面在一栋大楼的一层，是一间精致的手工蛋糕店。要我一个人去蛋糕店，我可没那个兴致，所以每次都是和小佐内一同前往。去的路我倒是有印象。在一排民房的对面，有一个挂着大网的棒球场，这是水上高中的运动场。那是一个绝佳的地标，“爱丽丝”就在水上高中的附近。

我们一路骑行，碰到了好几次驾校的教练车。“爱丽丝”所在的大楼，就在木良西驾校的斜对面。半路上，我们一度与一辆教练车并行，车上一位年轻女子正襟危坐、目不转睛地开着车，表情严肃得吓人。我们把车停放在“爱丽丝”的停车场，那辆教练车也转进了驾校。

小佐内飞身从后座跳下来，理了理裙摆，我则将自行车先上了锁。她心心念念的春季限定草莓挞，今天是限时销售的最后一天，可我透过蛋糕店的玻璃门一瞧，店内却连一个客人都没有。

“我们进去吧！”

小佐内说完，便雀跃地跨进了“爱丽丝”。真是的，这家伙只有在提到甜点时才会如此开心。我苦笑了一下，也跟着她走了进去。在我们拉开玻璃门走进店内的瞬间，一股香甜的气息扑面而来——像是烤蛋糕的香气，混合着糖果的甜味，还夹杂着水果的清香。虽然我对蛋糕并非情有独钟，可是这香甜的气息确实能治愈人心，让人心旷神怡。

小佐内看都没看其他摆放在展示柜中的精致蛋糕，径直走到收银台，以平日难得一见的精气神，活力充沛地对店员说：

“我要一个春季限定草莓挞！”

然后，她又转过头来瞅了瞅我。我赶忙说道：

“呃，那个……我也一样。”

女店员的笑容，如同空气中弥漫的香气一般甜美。

“太好了，刚好剩下最后两个呢。”

好险啊，差点就错过了！我对着早已急不可待的小佐内耳语道：

“还好赶上了！”

“嗯。”

她招了招手，仿佛有什么悄悄话要对我说。于是，我微微弯着膝盖凑过去，她在我耳边小声说道：

“幸好有那封邮件。”

确实如此呢，幸运何时会降临，还真的让人捉摸不定。

春季限定草莓挞一直装在盒子里，所以我也没看到它与其他草莓挞有何不同。

“春季限定的日期，是什么时候啊？”

小佐内满心欢喜地捧着叠放的两个盒子答道：

“每年都不一样呢，我也不是很清楚。每年都是独一无二的味道……太令人期待了……”

我不禁扪心自问：最近，或者应该说从小到大，我可有如此热切地期待过一样东西？

小佐内则像是收藏宝物似的，把两个盒子小心翼翼地摆放在自行车前的车篮里。可是，无论怎么放草莓挞都会倾向一边。这也是无可奈何之事，回程时我只能尽力骑稳一点了。

大楼的一层除了“爱丽丝”之外，还有一家便利店。看到便利店，小佐内想顺便买牛奶，我也跟着走了进去。不过和某人不同，我可不喜欢紧紧跟在别人身后。于是，我信步走向杂志区。便利店和蛋糕店全然是不同的光景。便利店内挤满了人，主要是水上高中的学生。收银台前，也有几个人在排队。看来只是买牛奶，也会花费不少时间。

便利店的杂志区，并没有什么我感兴趣的杂志，我只好随手抓了一本漫画杂志翻了起来。看到漫画，就不禁想起健吾说的话。嗯，多思无益，反正明天就知道是什么事了。

店内的广播里播放着流行歌曲，我随意地翻着漫画。倒不是我看得多快，而是我压根没在看，只是拨弄着纸张而已。

店外传来一阵吵闹的喧哗声。我抬起头，隔着玻璃向外看去。窗外聚集着五六个人，全部穿着水上高中的西装校服……呃，看样子就不像什么好学生，要小心为妙。我一边留意着他们的举动，一边偷听他们的对话。

那群人中只有一个男的感觉比较斯文，虽然算不上是花美男，不过称得上三百六十度无死角，身材也很修长，还戴着一副小框眼镜。

只见那名男子冲着其他人发号施令：

“好，差不多了，准备出发。”

哦，原来要走了，那就没什么好担心的了。我正想着可以放下心来，只见团伙中有两个人站了出来，朝我的方向走来。他们似乎没发现我就在他们的眼皮子底下。当然，我肯定也不会让他们有所察觉，我假装在看漫画，其实是在竖着耳朵偷听他们的对话呢。

两人中的一人像是为了突显自己“不良少年”的身份似的，故意把校服穿得松松垮垮。他的打扮，加上飘忽不定的眼神，一看就知道在团伙中地位不高。另外一人身材微胖，胡子拉碴。地位低的那个男生像是在向胖一点的男生拼命地解释着什么。

“学长，对不起，我去不了了。”

“什么？”胖子皱起眉头，“什么叫你去不了，不是叫你把时间空出来了吗？”

“不是，我不是没空，我是没车。”

“车？你的自行车呢？你不是回家骑车去了吗？”

地位低的男生拼命地鞠躬赔罪。

“我的车被偷了。”

“你个蠢货！”

真可怜……没有自行车，可以像刚刚我和小佐内来时那样让别人载你去嘛。

胖子转过头，面朝着团伙中的另外三人，扯着嗓子喊道：

“学长！坂上说他自行车被偷了。”

这嗓门大到我不用竖起耳朵都能听得清。

帅气男冷冷地看了一眼名叫坂上的家伙。坂上一句话都没说，眼神也没聚焦于任何人，只是呆若木鸡地望着前方。

“坂上。”

“在……在！”

“要怎么来，你自己想办法。地方你知道吧，给我十分钟内到。”

笨啊，让他坐后座不就行了嘛。不过，也许人家不想替丢人现眼的学弟擦屁股呢。

最后，那群人有的骑着自行车，有的骑上电动车，有的跨上摩托车扬长而去，只丢下坂上。他独自一人垂头丧气地踹了一脚柏油路面后，一路小跑着离开了我的视线范围。

我的身后似乎有动静。我一边转头，一边问道：

“牛奶买到了吗，小佐内同学？”

我身后站着的果然是她。她有些惊讶地睁大了眼睛。刚刚一个多小时，我被吓了多少次了，这次总算换我吓一吓她了。小佐内没开口，只甩了甩装着牛奶的塑料袋。

“那我们走吧！”

小佐内轻轻点了点头，嘴里哼着奇怪的“草莓挞之歌”，往便利店外走去。

就在此时——

一辆银亮亮的自行车从我们面前疾驰而过。

我和小佐内眼睁睁地看着前面车篮里装着两个白色小纸盒的自行车一闪而过。

我们之中也不知是谁先意识到情况不对。小佐内瞪大了双眼，微张着嘴巴僵在了原地。我先反应过来，一边追出去，一边大喊：

"小偷，站住！"

然而那个人，也就是坂上，头也不回地拼命踩着脚踏板。听到我的叫喊后还加快了速度，一下子就消失在转角处。就算想去追也已经无计可施。我回头一看，发现车锁被踢坏，丢在了停车场的地上。光天化日之下，车居然就这样被偷走了……

我战战兢兢地扭头往便利店门口看去，有几个路人听到我的叫喊声跑来看热闹。小佐内则提着装牛奶的塑料袋，张着嘴，一动不动地愣在原地。

## 2

自行车被偷和错失了春季限定草莓挞，我不知道哪件事对小佐内的打击更大。自行车不见了还能重买，可草莓挞是今年春天才有的限定品。不过，两个草莓挞只要三千日元，而自行车少说也得要三倍以上的价钱才买得到。小佐内黯然神伤，似乎连抬手的力气都没有了。回家的路上，装牛奶的袋子几次掉落在地上。不管我怎么叫她、安慰她，她一点儿反应都没有。

第二天上课的课间时间，我一再发邮件给她，她还是完全没有回复。是不是先别打扰她，让她一个人静一静比较好呢？我正在烦恼该怎么办时，老师下课了。刚放学，我就收到了一封邮件。

“按照约定，我现在去找你。”

我一看，是健吾发来的信息，这才想起自己和健吾之前的约定。

好吧，小佐内的事情暂且搁一搁，再怎么难过她应该也不会为了一个草莓挞和自行车去做傻事吧。我调整好情绪，切换频道迎接健吾的到来。在我收到邮件不到两三分钟后，健吾本人就出现在我面前。他手里拿着一个B5的大笔记本，我以为里面夹着他之前说的那幅画，然而并没有。

“所以，我们这是要去哪里？既然是画，那是要去美术室吗？”

“没错。”

如果需要做笔记，应该带上我平日里用的白色活页纸，不过既然健吾带了笔记本，那就交给他吧。

一年级的教室集中在北栋四楼，美术教室则位于南栋四楼。连接南北两栋楼的回廊只有两层，因此我们必须先下到三楼，从回廊的屋顶穿过去才能去到南栋。

我们不紧不慢地走下楼梯，我开口问道：

“说起来，有点不可思议啊……你连印象派都没听说过，怎么会和绘画有关的事情扯上关系呢？”

“谁说我不知道印象派啊？我当然听说过印象派了，我还知道哪些画属于印象派的呢……只是对我来说，都是一些乱七八糟且看不懂的东西。”

“所以，你怎么会……”

“我最近在做文艺社团的报道，上次去采访了美术社的干事，这次的事就是当时听说的。如果事态的发展越来越有趣，我就可以大肆报道一下了。”

“报道？在哪里登报？”

我歪着脑袋问道。

健吾有点不耐烦地看了一下我，然后突然仿佛恍然大悟般说道：

“对哦，我还没告诉过你啊，我是学校新闻社的，这次要在校报上介绍学校的社团。”

咦？学校新闻社啊。

说到新闻社，就会让人联想到记者，可记者给人的印象是博学多闻、逐新趣异、求知若渴啊。然而眼前这个健吾，怎么看都不太像这种人。

“干吗？你这表情是什么意思？”

“啊……没事没事。”

新闻社的成员也并不等同于记者，再说也没人规定记者就要逐新趣异、求知若渴啊。这不过都是我的主观想象，所以绝对不能说出口。

“可是，怎么会叫你采访美术社啊？学校不是还有剑道社、柔道社什么的吗？”

健吾点点头。

“那倒是，不过采访美术社是学姐拜托的，于情于理都拒绝不了。”

原来如此。一说到交情，健吾当然就无法拒绝了！

我们来到美术室的门前。门口的走廊，一看就很有美术社的感觉。墙上挂着一个毛毡质地的绿色公告栏，上面装点着几幅画作。无法张贴在公告栏上的油画，被精心裱在画框里挂在墙上。我正犹豫要不要敲门，但健吾已经把门打开了。

“大家好！”

他神态自若地打了声招呼，径直走进画室。我想象中的美术社是这样的—— 一群热爱绘画、青春洋溢的学子坐在画布前，围绕着中央的雕像之类的东西专注地写生。实际的景象，和我的想象相差无几，只是社团的人数没有多到足以围坐，他们各自临摹的物品也不尽相同。

“胜部学姐，你好！我们来了。”

这个叫胜部的女生没有在画布前作画，而是在看书。她的五官中规中矩，脸圆嘟嘟的，身上并没有那种不食人间烟火的“艺术气息”。从她胸前的班徽可以看出她是三年级的学生。

胜部看到健吾，眉头一展。

“等你很久了！你后面那位也是新闻社的吗？”

“不是，他是我朋友。我这人和艺术完全沾不上边，所以找个帮手来看看。”

与艺术无缘的可不止他一人啊。两个不懂艺术的人，来这里能做什么呢？我纯粹只是好奇到底发生了什么事。不过，反正他需要的也不是艺术鉴赏力，而是头脑和智慧，说不定我真能帮上什么忙呢。

胜部学姐环顾四周，教室内几乎所有人都停下了手中的笔，坐在椅子上朝我们这边看过来。看来我们在这里聊天的话，他们就无法心无旁骛地继续作画了。为了不影响其他人，胜部学姐招招手，示意我们到对面靠近中庭的窗户边。刚招呼我们坐下，她说了句“等一下”，就消失在休息室里。

很快，胜部学姐拿着两张纸回到我们面前。我原本以为那两幅画会有海报那么大，没想到实物要小得多。

“这就是传说中的……”

我问道。健吾点点头，说道：

“就是这个。”

胜部学姐把其中一幅画倒扣在身旁的桌子上，另一幅则摊开放在我们面前。

“啊……”

我不禁发出一声唏嘘。

我也希望这是触动心灵后的感慨，然而这不过是大失所望的一声叹息。

那的确是一幅画。它既不是文字，也不是记号，所以只能称作一幅画。

整个画面都是柔和的色调。画里是一派恬静的田园风光——在灿烂夺目的阳光下，一望无垠的原野尽头山峦层叠，画面中央有一匹母马带着小马奔腾。山边有农家、小小的菜园和稀疏的树林。从题材上看似乎并无任何特殊之处，不过值得注意的是画作的上色方式。画面上的颜料不知叠加了多少层，厚到看不到一丝铅笔的线条。

此外，涂色上完全没有浓淡、明暗、强弱之分。山，只是一样的绿色；原野，涂成了一整块祖母绿；天空就是大片的蔚蓝。看起来像是作画人偷懒，因此随意涂抹的，然而实际上这种彻底平涂的方式，反倒要花不少工夫。

我再仔细观察了一番，发现还有几个古怪之处。马与原野、原野与山、农家与菜园，每一样东西都区分得十分清楚。也就是说，每一个对象都画了清晰的轮廓线。

老实说，如果让我用一句话来概括对这幅画的第一印象，我只能说："这是什么鬼东西嘛"……水彩、油画、粉画或是水墨画，硬要把它归类的话，最接近的应该是……

"怎么样，常悟朗？"

健吾问道。

"感觉像是赛璐璐风格的绘画。"（**注：赛璐璐风格是指一种原始的动画制作方法。现在多指平涂，一种没有渐变和质感的上色手法。**）

我直接坦白了心中的猜测。胜部学姐一听就轻轻笑出了声。如果不是刻意而为的赛璐璐风格，那就是像填色画一样的随意涂鸦吧。

我摸了摸画作的背面，用的似乎不是一般的图画纸，而是绘画专用的高级肯特纸。大小倒是常见的B5尺寸，只是B5尺寸的肯特纸根本买不到，必须自己裁剪。

"这是你们美术社成员的画作吗？"

"是呀。"

"这……算画得好的吗？"

“看也看得出来吧。”

就是看不出来，我才问的啊。

我换了一个说法继续问道：

“这里面是不是蕴含了什么我们看不懂的艺术内涵呢？”

健吾把手搭在我肩头，肯定地说道：

“没错，常悟朗，就是这个问题。”

“……”

也就是说——

“你的意思是，要我来分析这幅画里隐藏的艺术内涵吗？”

“就是这个意思。我完全不懂画。我倒是觉得这画简单明了，好像挺好的。”

“不好意思，健吾，我等一下约了小佐内同学呢。”

“等等，你不是说可以先听听是怎么回事吗？”

我正要起身，健吾便加重了双手的力道，又把我按回座位上。胜部学姐的目光中流露出几分同情。

健吾又继续介绍：

“画这幅画的人，前年就毕业了。这幅画已经在这里存放了两年。”

“哦。”

我敷衍地回应了一声。

健吾又冲胜部学姐问道：

“胜部学姐，那个人叫什么名字来着？”

胜部学姐点了点头，对我说道：

“前阵子我和堂岛说了这件事，画这幅画的人名叫大滨，擅长的是油画。”

“油画？他画的油画也是这种风格吗？”

“完全不是。他欣赏的是高桥由一的作品，所以画风也比较接近高桥由一，他的目标是在不久的将来可以入选全国美术展呢！”

高桥由一，就是号称日本近代西洋画的开拓者，那个画了“鲑鱼”还是“鳟鱼”的大画家吗？这下好了，硬拉我这种一窍不通的人来鉴赏别人的画作，这不是弄巧成拙吗？

大滨学长专攻油画，而且公开表示要参加全国美术展，说明他是专业的学院派。眼前这幅画怎么看都像是闹着玩才画的，不像值得好好珍藏两年的作品。

或许是我的表情出卖了我，胜部学姐就像是猜透了我的心思似的说道：

“你一定觉得奇怪，这两年我们为什么一直保管着这幅画吧？”

没办法，我只好点头。

“嗯，对呀。”

“这是有原因的，我还没把详情和堂岛说。”

健吾迅速用眼神示意我一下，低声问道：

“有什么内情吗？”

他翻开带来的笔记本，从口袋里掏出了圆珠笔。

“我之后还要向我们新闻社的学姐汇报一下情况，所以先做一下记录。对不起，我写字不是很快，请你说慢一点儿。”

“你还要做记录啊？”

胜部学姐惊讶地问道。新闻社的人把谈话内容记录在案，这就是采访。然而，胜部学姐显然没想到会演变成正式采访，所以才会如此吃惊。虽然没有录音，但学姐还是清了清嗓子，开始思考该从哪里说起。

沉默了一阵子后，她开口说道：

“这样吧，还是得从头说起。不好意思，故事稍微有点长，你们耐心听一下。”

她先给我们打了预防针，才进入正题。

“这幅画，是大滨学长三年级的暑假时画的。当时，学长已经高三，还退出了社团，所以应该只有我知道这件事情。其实，我也是偶然看到他作画，才知晓的。

“刚看到的时候，我吓了一大跳，完全想不到大滨学长会画成这样。不过，再怎么钟情于绘画，也不是每次都要郑重其事地完成一件作品嘛，所以我还以为这只是大滨学长一时心血来潮的随意涂鸦呢。”

“结果不是吗？”

“大滨学长是那种认真起来就很疯狂的人，他认真起来的话，你靠近他都会觉得不安。不过，很多时候他都是笑眯眯的，为人很谦和。于是我打趣地问他这是不是乱画的，没想到他却笑着告诉我，说这是世界上最高雅的画。”

高雅？

我不禁把目光再次投向那幅像是儿童填色涂鸦般的作品，然而依旧没有感受到一丝名作的光辉。

“他说，这幅画太高雅了，已经超出了我的理解范围。他一再强调‘高雅’这两个字，可是又像是在拼命地忍着笑调侃一般。所以我以为他铁定是在开玩笑。怎么看都像是一个玩笑嘛……因此我又向他确认，‘你是认真的吗’……”

胜部学姐等健吾的笔停下来，又继续说道：

“结果，他说‘我发誓我是认真的’。后来，又过了几天，画完成之后，大滨学长就把画托付给我。说到时会来拿，在那之前先放在我这里。可是，之后我们没什么机会再碰面，他就毕业了。”

我插嘴问道：

“然后，就这样过了两年吗？”

胜部学姐轻轻点了点头。

“明年我也要毕业了，这画总得处理一下。我原本想联系学长，谁知他搬家了，谁都没有他的联络方式。”

“那就由船中美术社世世代代传承下去，不就得了？”

我半开玩笑地说。但是胜部学姐毫不犹豫地摇摇头。

“老实说，这也太占地方了。”

“嗯。”

真没想到她会如此直截了当地拒绝。

胜部学姐加快了说话速度。

“一来我们社团没有其他纸质的画作，保管起来会很麻烦；二来既然是学长托付的东西，也不好随便处理。如果这画真有什么特殊意义，学长不来拿，帮他保管倒是无所谓，问题是如果只是信手涂鸦，那我真的很想把它丢掉。”

平日里善良宽容的学姐，这次终于得以一吐为快。

她已经代为保管两年，确实太不容易了。按理说一年内没有任何联络，就算扔了，大滨学长应该也没什么好追究的。要是我的话肯定早就丢了。不过，话虽如此，我也十分理解胜部学姐为何如此犹豫。万一日后惹出什么麻烦，自己自然无法全身而退。再说，这幅画如果真的是什么先锋艺术实验的话……那就更麻烦了。

对了，胜部学姐拿出来的画，不是有两幅吗？

“另外一幅，也是类似的风格吗？”

除了摆在眼前的这一幅，还有一幅同样尺寸的画扣在桌子上。听我这么一问，胜部学姐立刻一脸不可思议地看着我。

难道是我听漏了什么？我一脸疑惑地看向一旁的健吾。他对学姐说道：

“具体情况我都没跟这家伙说过呢。”

“这样啊，怪不得他不知道这画有什么不可思议之处呢。”

我只是觉得这幅画很奇怪，倒还不至于到不可思议的地步。既然第一幅画已经是这个水平，第二幅画再怎么糟糕，应该也不会有什么好大惊小怪的吧。然而，事情显然超出了我的预期。

“这是……”

第二幅画翻过来，我终于明白为什么学姐会感到匪夷所思了。田园风光、太阳、原野尽头层叠的山丘、马匹、农家、菜园、疏林。

第二幅画，竟然和第一幅画一模一样。

## 3

我们离开了美术教室。刚关上门，健吾就迫不及待问道：

“怎么样？事情是不是很诡异？”

“是呀！如果是复印的，或者电脑绘图还好理解，手绘两幅一模一样的画，实在是……”

其中的辛劳，一定非比寻常。表面看来不过是多花一倍的工夫，事实上要画两幅相同的画，那种徒劳感会让重复的过程更痛苦。

“两幅画看似一模一样，其实有好几处并非完全一致。”

“有吗？我怎么没注意到。”

“仔细看就会发现。我猜，会不会是因为那幅作品里汇集了什么灵感巧思，所以为了避免弄坏或是弄脏，以防万一就多画了一幅呢？”

“什么灵感巧思？”

“我不就是希望你找出答案嘛。”

老实说，很感谢健吾这么看重我，可是我毕竟也是门外汉，对艺术一窍不通。思考之后能给出的答案，无非都是依据情理或是根据破解模式而得出的结论。可什么是灵感巧思呢？比如，斜着放图形就会改变？或者平视就能看出立体效果？这些算是灵感巧思吗？那样倒是挺有趣的，可是也说不上有什么新意，算不得巧思吧。

“呃，刚刚那些是什么呢？”

“嗯，给你看看吧。”健吾从校服口袋里掏出一叠复印资料。那是刚刚采访完后，胜部学姐交给他的。

“这是前年校报的复印件，上面有对大滨学长的采访，当时他的作品入选了全县的艺术展。我想这次的报道有可能用得上，所以就问胜部学姐要来了。”

“咦？胜部学姐居然一直保留着这张报纸！”

“那是因为报纸的另一面有六月全校球赛的报道。胜部学姐可是赛场上的活跃分子，上面有她的照片呢。”

“原来如此。可是你一个新闻社的人怎么还要问别的社团的人拿旧报纸啊？”

他就像觉得我是在明知故问似的，一脸不屑地摊了摊手，回答道：

“那是因为胜部学姐说隔天就能给我，要是从我们新闻社的活动室找一份两年前的资料，少说也得找两三天吧！”

那你们真应该好好整理整理了吧。

穿过回廊，我们从南栋走向北栋。

“所以呢，你觉得怎样？有没有什么灵光乍现？”

“抱歉，让你白期待了一番。”

我摇摇头。健吾难以置信地探过头来看着我说：

“你是在承认你也看不懂吗？”

“我不是已经说了吗？”

“怎么这么直接呀！”

这样难道不好吗？不过我这个答案似乎让健吾很不满。

其实，我也不总是这么坦率的，在这一点上我的修炼还远远不够。

不过，摆在眼前的资料不看上一眼，总觉得心里不爽，我还是向健吾伸出了手。

“咦？干吗？”

“刚刚的资料，给我看一下。”

“这个吗？好呀！”

健吾又把报纸的复印件掏出来，瞄了一眼后递给我。

“Thank you！我现在看。”

报道不是太长，一边走，一边看也能看完。

记者:恭喜您获得全县艺术展优秀奖!

大滨:谢谢。

记者:不好意思，其实我还没看过您的获奖作品，请问是一幅什么样的画作呢?

大滨:是一幅二十号油画。我过去的作品多是红色基调，这次使用的是接近天空的蔚蓝色，所以整幅画感觉更活泼明朗。

记者:二十号油画是?

大滨:就是一般油画的常见尺寸。

记者:上面画了什么呢?

大滨:水果，很普通的题材。

记者:您之前的作品也是以水果题材为主吗?

大滨:基本上是吧，毕竟我现在还处在磨炼技艺的阶段。感觉入学以来，自己一直在画同样的东西。啊，对了，我也常常画鱼。

记者:鱼？在美术教室里画鱼吗？

大滨:不是，在自己家画。在美术教室画，大家会受不了腥臭味，把我赶出来吧（笑）。

记者:哈哈，有道理（笑）。那个，油画总是给人很高雅的感觉，您为什么会开始学油画呢？

大滨:我一点儿也不觉得油画高雅，也没想太多就开始学了。开始只是觉得好玩，可以涂涂鸦，一直到现在，我在心态上也并没有太大的改变。

记者:那您经常涂鸦吗？

大滨:这个嘛……我不知道到底什么叫作高雅呢……高雅和低俗，通常都是低俗的居多，高雅的稀少。那两者的差别，是不是就是看数量多寡呢——我有时会这样想。

记者:呵呵，原来如此。

大滨:不好意思，我扯远了。

记者:就快高考了，毕业后的方向您决定了吗？

大滨:今后不管去哪里，还是会继续画画吧。我还没确定是要工作还是升学。

记者:您的家人一定也很期待您在绘画上的发展吧。

大滨:家人啊（笑）。我有一个比我年长很多的哥哥，他时不时会过来玩。家里喜欢我的画的人，大概只有我哥哥和他的小孩吧。

记者:感谢您接受我们的访问。

大滨:谢谢。

呃……我陷入了沉默。

“怎么了？发现了什么吗？”

我摇摇头，把资料还给了健吾。

临走前，健吾对我说：

“连你也猜不透的话，那就真没办法了。唉，不过可以报道的也不只这一件事啦。”

健吾的话，还是让我产生了一点点罪恶感。我差点就要脱口而出：刚刚这份旧报纸的确是一个很好的突破口，靠着这个报道，谜团有可能就能顺利解开了。

不过，我还是把话硬咽了下去。

我很清楚，卖弄小聪明绝对不是明智之举。虽然之前说要不要帮忙，得等听完事情的经过再说，其实还是我太嫩了。想保持低调、不惹是生非，压根从一开始就不应该听什么事情的经过。

我回到了自己的教室，只见我的座位上坐着一个人——是小佐内同学。

是我的错觉吗？她的样子，怎么看起来有点憔悴？

小佐内有气无力地说了一句：

“你回来啦？”

听她这么说，我立刻条件反射地回答：

“我回来了。”

她占了我的座位，我只好随便坐在一张桌子上。

“怎么了？你怎么会在这里？”

“我看到你走出美术教室，所以想你应该会回来这里吧。”

“你看到我？”

“从我们教室刚好能看到啊。”

原来如此。俯瞰船中的话，两栋主教学楼一栋往右边延伸，一栋往左边延伸，刚好呈倒Z字形。小佐内这么一说，我的脑中立刻浮现学校的鸟瞰图。的确，小佐内她们班的教室位于美术室的正对面。坐在教室，目光穿过中庭就能看到坐在美术教室窗边的我们吧。

看我接受了这个说法，她继续说：

“真是奇怪的画啊。”

“连画都看得见？”

我不禁提高了音量。

小佐内从裙子口袋里掏出一个巴掌大的望远镜。原来是这样看到那幅画的啊。只是，我搞不懂她干吗会随身携带这种东西走来走去。

“看起来是一摹一样临摹了一份。”

我刚要肯定，想了想后停顿片刻，用舌头舔了舔嘴唇，还是纠正了她的发音。

“是一模一样。”

“是啊，我就是说一摹一样啊。”

是一模一样，不是一摹一样啦。不知道小佐内是不是看懂了我苦笑的含义。她又微笑着继续说道：

“然后，我就在这里等你了……我是想跟你道歉啦，昨天你一直在安慰我，我却没理你。”

“哎呀，你是要说这个啊。”我用力地摆了摆手，“我完全没有放在心上！”

她轻轻点了点头。像是恢复了活力一样，提高了说话的音量。

“那个……堂岛同学找你干什么呀？”

呃……我不禁面露难色。

短暂的沉默，似乎立刻又让她陷入了不安之中。

“不想说的话也没关系啊。是我自己的神经太大条了，想都没想就问你……”

我摇摇头，说道：

“不是我不想说，只是……实际上，并不是什么大不了的事。”

为了让小佐内放心，也是我自己想一吐为快，便把两幅画的事、胜部学姐和大滨学长的事，以及大滨学长的采访大致说了一遍。虽然距离很远，她也算是看过那两幅画，所以很快就弄清状况了。

“结果，健吾只好决定去找其他主题报道了。”

我以这句话对整个事件做了总结。待在小佐内身边久了，我自然而然地了解她的喜好、理解她的言行；同样，经常和我在一起，小佐内也多少能看穿我的心思。她大概以为我在生气，所以抬起头扑闪着无辜的大眼睛说：

“小鸠同学，你不帮他吗？”

“绘画的东西，我又不懂。”

“可是，你不是就快就找到答案了吗？”

对她果然不能小觑。不过，还不能说我已经找到答案了。

“要是我搞错了，就当我没说过吧。不过，你这样真让人着急呀。”

我苦笑了一下。

“嗯，你这么说也对。虽然还是雾里看花，不过我的确已经找到问题的关键了。只是你也知道，我可不想当什么侦探，这不是一个小市民该做的事。所以，这件事我还是装作不知情比较好吧。”

“你觉得好就好……”

她小声回应道，之后又陷入了沉思。过了一会儿，她像要再次确认般缓缓问道：

“你……真的觉得这样好吗？”

“呃……”

被她这么一问，我确实无言以对。虽然健吾算不上是要好的朋友，谜团也不能说已经完全解开，可是他那么信任我，把事情托付于我，我却袖手旁观，的确有点……

“我这样做，确实有点不近人情……”

“我也这么觉得。”

我们两人都不是那种擅长处理事情的类型，可是也绝非冷血动物。虽然常常基于礼貌与人保持一定距离，然而冷淡与冷漠并不符合我们小市民的道德准则。

但是，问题是这件事到底该如何解决呢？

“如果我破解了疑点，不是还得跟大家解释一番，说事情是这样的那样的，到时不是很麻烦吗？我实在不想解释那么多。”

“嗯，我明白。”

有没有什么方案，既不用我出头，又可以把问题完美地解决掉呢？可是哪有天上掉馅饼这样的好事啊。除非，可以委托给某人，委托给理解力超群，还能让我毫无顾忌地把推理向他一一展开的人……

这个人，不就近在眼前吗？小佐内同学，就是你了。

“啊？我吗？”

光是眼神交会，她就知道我要说什么了，小佐内同学真不是一般人啊！

然而，这只是我的空想，还是不现实啊。为了成全我的道义，要让如此怕生的小佐内去承担这份责任，未免也太过分了。况且不只是道义不道义的问题，明明这就是我的个人爱好。更何况，像个侦探一样参与事件推理，本身就违反了我与小佐内之间的约定。

我左思右想，苦无良策。小佐内却冷不丁说了一句：

“如果你真的没办法放手不管，也可以拿我当挡箭牌的。”

“啊，以前确实这么约定过。”

我立刻领会了她的意思。平常我们为了逃避一些事，常常会拿对方当借口。小佐内这么说，意思就是这次我也可以用同样的手段去完成推理。这大大超出了我的预期。利用她去破案，完全违背了我们之间的约定。我不敢相信，竟然是小佐内主动提出要顶替我去完成推理。

“真的没问题吗？到时可要你出面解释说明哦！”

小佐内怯生生地露出了笑容。

“嗯，我明白。谁让我们之前约好了可以拿对方当挡箭牌呢，反正以后我应该也不可能和胜部学姐有什么交集吧。而且，昨天我还给你添了那么多麻烦……”

那些事情她完全不必放在心上的。她和胜部学姐将来倒是不会有什么交集，可是和健吾就不好说了。

然而，权衡之后，我还是决定采纳小佐内的建议。明明答案就在眼前，却不能痛痛快快地解开谜题，的确让我浑身不自在。对我而言，实现平凡小市民目标的最大障碍，就是容不得眼前有不解之谜的这种性格吧。明明清楚自己的问题，却又忍不住一再破戒，看来我的修行还差得远。

我红着脸说道：

“不好意思，那就麻烦你了。仅此一次，下不为例。”

“来龙去脉，你已经了如指掌了，对不对？”

“那也不是。算了，今天还是就到这里，咱们一起回家吧！”

不知何故，小佐内抬起头看着天空，像是在思考着什么。我刚想问她还有什么顾虑，她又小声提议道：

“小鸠同学，我有一个数码相机，你把那两幅画拍下来，也许我也可以帮忙一起想办法。”

那真的太好了！有小佐内同学协助，再用相机把实物拍下来，问题就迎刃而解了。可是……

“你不需要帮我帮到这种地步啊！”

我说完，她的脸莫名地红了起来。她赶忙摇摇头。

“不是啦，我是在帮我自己。现在让我的脑袋想点事情，才能放松。”

我竟无言以对。

隔天。

毕竟我不是新闻社的成员，自然不会一个人去美术社。我花言巧语地哄骗健吾带我一同前往。一路畅通无阻，我成功拍到了两幅画的照片保存在数码相机里。

就在我准备收手撤退时，胜部学姐好像突然想起什么，对我们说道：

“对了，这两幅画还有一个标题。”

“标题？两幅画各有各的标题吗？”

“那我就不清楚了，可能只是两幅画中某一幅的标题吧。等等，让我想想……好像是《for your three，six puzzle》。”

“这……是什么啊？”

我和健吾异口同声地说道。

“这么高深！”

“这，应该不是画的标题吧？”

胜部学姐瞥了我一眼说：

“这名字又不是我取的！”

我可没有责怪她的意思呀。咕咚咕咚，我匆匆喝完茶，想赶紧离开。

回去的途中，健吾问我：

“你今天和昨天的态度可是截然不同呀。从那些照片，能看出什么来吗？”

我赶紧用笑容糊弄过去，说道：

“或许可以，或许什么都看不出来。我和朋友聊了一下画的事，她说有照片说不定能看出什么端倪。”

“朋友？谁呀？”

“要是能顺利解开谜题，我再告诉你。”

“就是说，你把自己无法解答的问题，交给了别人？”

健吾一边说，一边用鼻子哼了一声，不过没有再继续追问下去。呼，好险！

“对了，我朋友说，能不能借一下昨天的那份旧报纸，还有你的笔记。”

“这些也要啊？”

我以为他会起疑心，没想到他即刻爽快地答应了。

“行啊，反正我现在也用不着，先去我们教室吧，我拿给你。”

拿到那两样东西后，我就回教室和小佐内会合。

“拍到了吗？”

“嗯。”

“我们去看看吧！”

因为电脑不像小的数码相机或是望远镜，无法随身带到学校，所以我们只能回家去看照片。那么，问题来了！是让小佐内来我家，还是我去她家呢？我家本就没有可以将数码相机上的数据传到电脑里的设备，所以还得我去小佐内家才行。

小佐内家在一栋高层公寓里，房子不是租的，是买的。之前，我曾受邀去过一次，不过也只去过那一回，所以已经记不清路线了。

我一路跟着她往她家走，途中跟她说了画作标题的事情。

“‘for your three’？”

“‘six puzzle’。”

我想起刚刚的对话，一脸无奈地说：

“我说这不是画的名称吧，然后立马被胜部学姐瞪了一眼，说名字又不是她取的。”

小佐内倒吸一口气，说道：

“要是我，应该也会这么说你……对了，小鸠同学，你觉得这画的标题有什么特殊含义吗？”

我点点头。

“应该有。‘three’感觉像是在数什么东西，如果标题里‘给你的’指的是给什么东西，那‘three’就是‘三个’的意思；如果‘给你的’指的是给某人，那‘three’就是‘三岁’的意思。”

“哇，我完全没想过会是指‘三岁’呢！”

“six puzzle，我还没想明白。你觉得呢？”

小佐内沉思了一会儿。原本步子就不大的小佐内渐渐落后，处于我身后，我调整步伐等着她慢慢往前走。我们走过设有按压式红绿灯的小型十字路口，就看到一栋乳白色外墙的大楼，那就是小佐内家了。最后，她得出的结论是：

“没看到照片，我也没法判断。”

那就赶紧看看照片吧——我想道。

小佐内家在三楼，她从口袋里掏出钥匙，自己先开门走了进去。我猜她肯定是在收拾房间。我在外面等了几分钟她才让我进门。她家清爽整齐，不像是只花几分钟就能整理出的效果。不过，这房间给人一种有点缺乏生活气息的感觉。我倒是一直听她说，她家就她一个孩子，父母又总是早出晚归。

在木质地板的客厅里，有一台台式电脑放在角落处。小佐内以惊人的熟练手法，迅速将资料上传到电脑。不过她花了点工夫去调整照片的大小。

我则利用这段时间，从书包里掏出活页纸，整理了一下思路。我想，这件事仔细研读资料，应该就能有所收获。我从健吾的笔记本和旧报纸中梳理出几个要点。

健吾的笔记（胜部飞鸟学姐的证词）：

1.大滨平常画的都是油画。

2.大滨画这两幅画的时间，是在三年级的暑假。

3.知道大滨画这两幅画的，只有胜部（是她碰巧偷看到的，情况不明）。

4.胜部询问这两幅画是否纯属涂鸦，大滨予以否认（强调它们是世界上最高雅的画作）。

5.不过大滨回答时，似乎是在忍笑。

6.大滨将完成的画作托付给胜部保管。

7.保管期限是“到时来取”。

校报：

1.这是两年前六月的一份报纸。

2.大滨获得全县艺术展优秀奖后的采访。（这是否能够证明大滨扬言要入选全国美术展，并非空口白话？）

3.大滨的画作多为红色基调。

4.这一作品“更活泼明朗”。（意思是平常并非如此？）

5.大滨认为，现阶段自己还在磨炼技艺。

6.大滨并不认为绘画有高雅感。

7.“我不懂什么叫高雅”。

8.在大滨家，对他作品有兴趣的，只有他哥哥和他哥哥的小孩。（高三的大滨，他哥哥已经有小孩了？）

---

将要点梳理出来后，关键词就一目了然了。

还有，“for your three, six puzzle”。再看看那两幅相同的画吧，准确地说是“相似”的两幅画。答案已经不言而喻，接下来就是在实际的画作上印证一下。

小佐内的电脑屏幕上，并列着“foryourthree.jpg”与“sixpuzzle.jpg”这两个文件。这两个文件名设置得可真长。

一望无际的平原尽头山峦层叠，有菜园的农家，太阳高挂的天空，母马和小马，稀疏的树林。

第一次近距离观赏这两幅画，小佐内不禁说道：

“好丑……”

直白但中肯的评价。

涂得厚厚的粉彩涂料、裁成B5大小的肯特纸。

我对小佐内说：

“可以把农家的部分放大一点吗？呃，两幅都要。”

农家画着一扇大大的窗户，窗子里可见一座大挂钟。两幅画都放大后，小佐内握着鼠标，转头看向我。

“小鸠同学，这是……”

我点点头。

## 4

既然决定插手，还是趁热打铁快点了结为好。在去完小佐内家第二天，我就打算把事情说清楚。

然而，事与愿违。小佐内跑来告诉我，她从教室窗户看到，放学后健吾一个人去了美术教室。这样一来，我的计划就被打乱了。原本我打算先把结果告诉健吾，再由健吾去跟胜部学姐说明。就算小佐内愿意帮我打掩护，也不能让她在胜部学姐和其他美术社成员面前当侦探表演推理吧。我的心情突然沉重起来，我并没有十足的把握能不露痕迹地完美了结此事。

可是再拖下去也不是办法，我只好只身前往美术教室。我敲了敲门，然后开门进去。果不其然，健吾在里面，正坐在和前天同样的位置上与胜部学姐谈话。

健吾转过头看着我，说道：

“没想到你会来啊，常悟朗。”

我含混地笑了笑作为回应，走到健吾旁边。健吾立刻问道：

“你和朋友研究的结果如何？”

我深吸一口气，朝着胜部学姐一鼓作气说出演练好的台词。

“昨天我把那两幅画的照片给朋友看过之后，她已经明白画的用意了。”

“哦？”胜部学姐瞪大了眼睛。

健吾也为之一惊。

“真的吗？常悟朗，你说的朋友是谁？”

“就是之前给你介绍过的，小佐内同学。”

他似乎对小佐内的名字还有印象。对于只见过一次且毫无存在感的小佐内，他居然还记得，不得不说健吾还挺厉害的。

“哦，那个女生啊。我还不知道她对绘画这么了解呀！”

“这和有没有绘画知识没有任何关系。”

我让胜部学姐把那两幅画拿过来，学姐半信半疑地照做了。然后，我将两幅画并排在桌面，又盯着看了一会儿，解开了之前的疑点。

“怎么了，常悟朗？”

“前天你不是说，这两幅画看似相同，却并非完全一样吗？小佐内同学也从一开始就注意到了这一点。”

胜部学姐冷静地反驳道：

“那能说明什么呢？毕竟画画的时间有先后顺序，处理手法难免有所不同吧。”

我点点头。

“话虽如此，不过我们不妨先来看看这两幅画有何不同吧。健吾，你说哪里不一样呢？”

健吾微微面露难色，但还是老老实实地答道：

“这边，小马的后脚上有些白色斑点。”

“还有呢？”

“最左边的山，倾斜角度略有不同。”

“然后呢？”

“我就发现这些而已啦。”

“那胜部学姐呢？”

然而，胜部学姐并没有像健吾那样乖乖地回答我的问题，只是说：

“所以，你到底想说明什么呢？”

对于我明知故问的态度，胜部学姐显然已经开始有点不耐烦了。她的情绪，我不是不懂。有人像个大侦探似的追问自己，换作谁都会很不爽吧。我很抱歉自己给学姐添堵了，但更让我内疚的是连累了被我拿来当挡箭牌的小佐内。

为了避免自己真的把气氛搞砸，我赶忙主动说明剩下的问题。

“你们看，农家窗户里画的挂钟，上面所标示的时刻不同。菜园的大小不同、从右边数树林第二棵树的高度不同。此外，太阳的大小也有点不一样。”

“……”

胜部学姐保持沉默，一言不发。

我又加快了语速。

“我朋友花了三十分钟，仔细对比了两幅画，只找出这些差异。”

事实上，我和小佐内一共花了十五分钟的时间，很顺利地找到了五个不同之处，可我们都没留意到“山的倾斜角度”有所不同。

我回过神来，健吾已经一边比对着两幅画，一边掰着手指数着。

“一个、两个……”

“果然如此，有六处不同哦。”

“对，这就是‘six puzzle’。”

健吾与胜部学姐一副恍然大悟的样子，同时看向我。我的表演似乎有点过火，本来只要平铺直叙、一步一步陈述就好，可我就是改不了自己那点坏毛病。

还是赶紧一鼓作气直奔主题吧，我暗暗责备自己。

我深吸一口气，继续说道：

“所以，这两幅画是用来玩‘大家来找茬’的。为了避免出现设定外的不同之处，大滨学长清晰地画出了轮廓线，上色也不加深浅变化，改为平涂。之所以没画成油画，估计是为了方便复制第二幅画吧。”

“怎么可能……”

胜部学姐一时语塞，不知该怎么反驳。她想了想，接着大声质问道：

“怎么可能会傻到这么做？哪有高中生会喜欢玩‘大家来找茬’啊？”

“这本来就是画给三岁小孩子的呀！”

面对胜部学姐咄咄逼人的质疑，我接着说：

“他不是说了吗？‘for your three’！”

“怎么……”

胜部学姐连“怎么会”都没说完，就再也说不出话来。

趁着她停顿的间隙，我把想好要说的话继续说完了。

“这两幅画之所以使用肯特纸，当然是因为它最适合用来作画。不过，特地将纸裁成了B5大小，估计是为了方便邮寄吧。市面上没有这种大小的肯特纸，可是一般信封的尺寸都是B5或是A4。他说到时就会来拿，所谓的‘到时’，应该指的是收画对象的三岁生日。大滨学长有个比他大很多的哥哥，他哥哥的小孩很喜欢大滨学长的画。因此从年龄来推测，这个收画对象应该就是他哥哥的小孩。”

“的确，这么一来，一切都和那个莫名其妙的标题对上号了。只是，常悟朗……”

健吾似乎在替已然愣在一旁的胜部学姐发问似的，继续问道：

“只是，按照学姐的说法，大滨学长说过这幅画相当‘高雅’。但是‘大家来找茬’有何高雅可言呢？就算这世上真有称得上高雅的‘大家来找茬’，也不是这幅画的样子吧。”

“他不是说了吗？‘我不懂什么叫高雅’。”

“呃……”

健吾也不知该如何反驳，只好继续听我往下说。

“健吾，你借我的报纸上写了这个内容呀。后面是怎么说的？我记得不是很清楚了，等一下啊。”

我从口袋里掏出校报的复印件。

“啊，就是这句。‘我不知道到底什么叫作高雅呢？高雅和低俗，通常都是低俗的居多，高雅的稀少。那两者的差别，是不是就是看数量多寡呢？’

“这个说法挺特别的。对于大滨学长而言，‘高雅’似乎是他一直在思考的关键词。采访时，记者并没有特别强调‘高雅’，大滨学长却自顾自地把话题引导到了这个词上。小佐内同学说，所以我们必须结合大滨学长所思考的‘高雅’去想问题。

“那么，我们就来看看大滨学长是如何解释何谓‘高雅’吧。他说，‘高雅和低俗，通常都是低俗的居多，高雅的稀少’，把这段话反过来看，就是说‘数量多的就是低俗，数量少的就是高雅’，那么‘高雅’就不再是价值概念，而变成了数量概念。

“当然，大滨学长并非真的是这么想的。他笑着对胜部学姐说这两幅画很‘高雅’，其实颇有深意。他是在嘲讽时下人们所谓的‘高雅’，是将价值概念与数量概念混为一谈的伪高雅。”

我不敢再对胜部学姐发问，所以只看向健吾，说道：

“对大滨学长的见解，我说不上是赞成还是反对，不过小佐内同学由此进一步引申——假设，对大滨学长而言高雅与低俗的概念只是‘数量上的差别’，那么‘全世界最高雅’的东西，你们觉得会是什么？”

健吾抱着双臂，抬头看向天花板。

“这个嘛，这么说的话……最高雅的东西，应该是谁也看不懂的东西吧。”

“不对，不要把谁也看不懂的东西，放入高雅或低俗的考量范围。”

健吾仿佛突然开窍一般说道：

“要不是‘零’，那就是‘一’喽。”

我点点头。

“对！这两幅画，只有收画的那个三岁的小朋友懂得欣赏。估计那个小朋友很喜欢马，而且住在拥有广阔平原的地方吧。这个年龄不知道能不能看得懂书，但平时他肯定很喜欢玩绘本游戏里面的‘大家来找茬’吧。

“大滨学长只是为了一个人的喜好特地画了这幅画。按照他的说法，以及他的反讽，这幅画才是世界上最高雅的画作，不是吗？”

说完，我连忙补充了一句：

“这些都是小佐内同学说的。”

“嗯。”

健吾挠挠头，低声回应了一声。

原本满腹狐疑的胜部学姐似乎也接受了我的说法，但她看着两幅画的眼神好像仍带着疑惑，喃喃问道：

“那他为什么要把这种东西交给我来保管呢？”

“可能那个孩子经常会去大滨学长家里玩吧，这是特地为他准备的礼物，当然不希望在生日前就曝光吧。所以放在学校，那不就万无一失了？”

“可他为什么又不来拿呢？”

“这个嘛，不好说，可能是大滨学长和这孩子家人的关系恶化，没办法送出生日礼物了。要不就是这孩子的喜好改变了，再送画也没有任何意义了。”

“不对。要是这样，他应该会来和我说一声呀？”

啊，她会根据这些线索发现什么吗？其实我知道原因，但还是不说为好吧。

“所以，他就是忘了吧。是啊，这种东西也没什么好惦记的。”

学姐怅然道。

我要告诉她真相吗？我唯唯诺诺地点了点头，说道：

“是啊……小佐内同学也是这么说的。”

“你们现在还觉得这两幅画高雅吗？”

学姐的声音听起来无比消沉。

我隐隐感觉到心中有一股暗流涌动，慌忙选择了逃避。

“这个……不好说。”

可是，率真的健吾脱口而出：

“当然不会。都过去两年了，小朋友的喜好早就改变了。所以，这个世界上已经没有人懂得欣赏这两幅画了。”

我猛然想起那天在书店的事情。我们憧憬着无与伦比的巅峰时刻，是因为我们求之而不得。而这幅画最耀眼的瞬间，没被任何人看到便已永远消失。

也许，这两幅画原本有着辉煌的一刻，然而……我并不认同大滨学长的说法，也不会再多想。认真思考高雅的意义，与我的小市民梦想是相矛盾的。

胜部学姐的嘴边浮现出一丝冷笑，那是与她那圆脸不搭调的，充满嘲讽的冷笑。

“结论就是，这两幅画……”

她拿起两幅画，叠在一起，然后撕成两半。

“就是垃圾。”

# 美味热巧克力的做法

## 1

那天是星期天，我在路上看见了小佐内。

我和小佐内之间不是相互依赖，更不是什么两情相悦、比翼双飞的关系。我们的相处模式更像是互惠互利，各取所需。放学后我们会一起去吃甜品，或是在书店并排站着看书，却从不曾在周末相约外出。其实就算其中一方提议星期天出去玩，另一方也不会反对，可是大概我们都觉得也没有必要硬要黏在一起吧。

五月的这个星期天，天气晴朗，十分难得。我漫不经心地走在街上，忽然看见从商业街角落的手机店里，走出一个有点眼熟的女生。我定睛一看，原来是小佐内。平常在学校里总是待在我身旁的她，居然变成了“有点眼熟”的女生，我不“仔细看”的话都认不出来，原因就在于她今日的装扮。

平时她都是穿着水手校服，几乎没什么存在感，她的样子完美诠释了什么是“阴郁”“朴实”“暗沉”。可是今天的小佐内，穿着桃红色的背心和白色的针织T恤，下半身穿着一条乳白色的牛仔五分裤，波波头低调地隐藏在宽松的牛仔帽下，俨然一副“平时是活泼的高中少女，今日要营造法式慵懒的别样风情”的模样。就算班上同学遇到她，也一定无法一眼认出这个女生就是小佐内由纪吧。

这种形象落差，几乎可以称得上是“变装”了。没错，她实际上就是在变装吧。我们这些小市民都太把自己当回事了。

看穿了她的变装后，我试图悄悄从后方接近。可惜我的功力远远不及她，在离她还有几米的距离时，她突然转过头来。我原本也没打算吓她，可也万万没想到会被她吓到。她的帽檐压到眼睛处，露出了盈盈一笑。

“这么巧啊，小鸠同学！”

“啊，是呀！”

我嘴上应和着，心里却还在想着她是怎么发现我从背后靠近她的。大概她从我的表情里解读出了疑惑，于是把攥着东西的右手向我摊开。那是折叠式手机。手机并没有接通电源，只是处于翻开盖子的状态。

“我看着这个手机的屏幕，就能清楚身后的状况了。”

“咦？光是这样，你就知道我在你背后了？”

手机的屏幕只是普通的黑色，并不太反光。就算能像镜子一样反射背后的景象，可看起来也只是模糊的。

小佐内摇摇头说：

“我是看到有人接近我，所以就朝那边细看了一下。”

我顺着她手指的方向往前看，是一排擦得锃光发亮的店铺橱窗，上面倒映着小佐内和我的身影。嗯，眼神还是一如既往的锐利。不过，对她而言“眼神锐利”似乎不是什么赞美，所以我没说出口。

我暗暗感佩了一番。我留意到她的手机和平常用的有所不同，便指着她手中的新手机问道：

“啊，你换手机了？”

小佐内点点头，合上翻盖，把手机递给我。手机的颜色是冰冷如水的象牙白，机身相当轻薄，上面还有一个摄像头。

“哇，是可以拍照的啊。”

不知为何，听我这么一说，小佐内似乎有点不好意思。

“之前的手机，早就该换了……”

“我的老爷机才早该换了呢！”

“啊，对不起，我不是这个意思。”

“放心，我没那么脆弱，完全没受伤啊。”

我笑着摇摇头。

“你今天是来买手机的？”

我一问，小佐内的神情顿时有些黯淡。

“也不是，这是一部分原因啦……”

“咦？还有其他事吗？”

“没有……”她转动着细小的脖颈摇摇头，小声说：“我是想着出来买买东西，心情可能会好一点。”

她为什么会情绪低落呢？我思酌片刻，还是没有头绪。春季限定草莓挞那件事，也过去一段日子了呀……

“发生什么事了吗？”

“前天，我被辅导员叫去了。”

“啊，对哦！”

前天，就是星期五，这么说我想起来了，学校的大喇叭通知小佐内到辅导员办公室去。当时我还在想，一向安分守己的她怎么会被叫到辅导员办公室呢，可是转头就把这件事给忘了。

“怎么了？被骂了吗？”

她摇摇头说：

“也不算被骂吧，就是被叫去问了不少问题……关于自行车的事。”

“自行车？你被偷的那辆？”

“嗯。有人在奇怪的地方找到了我那辆自行车。”

“找到了，不是很好吗？”

“与其说是找到，不如说是有人看到。”

小佐内一副心事重重的样子。

她要是不想说，不说也无所谓的。我正想打断她，不过她还是毫不犹豫地继续说了下去。

“上个星期天，有人的家进了贼，我的自行车就出现在那里。”

“你是说有人在案发现场看到了你的自行车？”

她轻轻点点头，稍微加快语速说道：

“听说，被盗的是本户町（**注：町，日本地方自治团体单位，介于市与村之间**）一带一个名叫五百旗头的学生。上个星期天，正好是选举投票日，不是吗？”

对哦，选举已经结束了，怪不得最近没再看到选举宣传车，附近安静了不少。

“小偷趁着那个学生外出投票的三十分钟进了屋子。他的印章被偷了，但存折还在，所以几乎没什么损失。就是那时候，有人看到了我的自行车。真是多管闲事……抱歉，我这么说不对，是有一个细心谨慎的邻居，看到一个年轻人像是在把风一样一直待在路旁，觉得很可疑，于是就记下了他自行车上停车许可标志的编号。”

在船高，骑自行车上学必须贴上停车许可标志。我是走路上学的，所以具体情况也不是太清楚。

“警察从停车许可标志查出自行车是我的，于是就找到学校，所以我就被叫到辅导员办公室了。”

“他们以为是你干的？”

“那倒不是，他们一下子就知道不是我偷的了。”

不知是不是我想多了，我怎么感觉此刻小佐内的脸上似乎露出了几分嘲讽的神色。

她像是要把憋着的苦水一股脑地倒出来，继续抱怨道：

“学校还怪我怎么好好的会弄丢自行车，弄得我的情绪跌到了谷底，所以想买买东西发泄一下。”

唉，学校会这样也不足为奇。

今天是大晴天，所以有点热。我看看手表，刚过一点。再这样晒着五月的大太阳，恐怖的紫外线绝对会让人吃不消。我用手挡着阳光，看了看耀眼的太阳，笑着对她说：

“是呀，能尽情买买买倒是不错的发泄方式。不过，在这之前，咱们是不是应该先找个凉快的地方休息休息？”

对于我的提议，小佐内没有立刻附和，而是像我一样用手挡着阳光，望了望太阳，又瞄了瞄我的眼睛，然后垂下头来盯着自己的脚尖。

“我很伤心啊……”

哎呀，我……真是……

平时都极其克制的小佐内很少会使小性子，她现在与其说是伤心，不如说是气愤的情绪更多一点吧。是时候向她展示我广阔的胸怀了……唉，现在要是钱包也能给力一点，更厚实就好了。

“走吧，我请客。”

小佐内一听，丝毫没有迟疑就开口说道：

“这附近有家店，他家自制的鲜酪乳可好吃了！上边浇的鲜果酱超级美味！”

她并没有露出特别欣喜的神色，只是将牛仔帽重新压低戴好。看来她原本就是要去那家店的。想必她本人应该也很清楚，要让自己的心情雨过天晴，甜品绝对会比血拼有效得多。

然而结局很遗憾，小佐内并没能如愿地品尝到至爱的水果鲜酪乳。我们才刚踏出几步，我的破手机就收到一封邮件，上面写着：“现在没事吧？”

邮件发件人是健吾。我一边走，一边不加掩饰地直接回复他：“正在散步。”

“那就是没事了。快来我家，快！”

我的眉毛不由得上挑了一下。这实在是太稀罕了，健吾竟然会在假日约我！我也没什么特别的理由拒绝，只是一切都要等请小佐内吃完鲜酪乳再说。

“我在和小佐内同学散步，晚点再说。”

隔了一会儿，收到健吾的回复。

“刚好！前阵子那两幅画的事我正要感谢她呢，一起来吧！”

是啊，上次处理那两幅画的难题，我都推脱说是小佐内的功劳。呃，现在怎么办？要不要一起过去呢？我倒是随便怎样都行。以后也有大把机会可以和小佐内一起吃甜品，并不是非今天不可。问题是，小佐内想不想一起去呢？

我一边走，一边回邮件，步子渐渐慢了下来。小佐内已经丢下我，自顾自地走到了前头。

我对着她的背影喊道：

“等一下。”

小佐内只是转过头，并没有停下脚步。

“健吾说要不要去他家。”

“这样啊，那拜拜吧！”

我继续说道：

“不是啦，他是问你要不要一起去。”

小佐内不可思议地瞪大了双眼。她睁大眼睛的时候，黑色的瞳孔其实还挺大的。

“他叫我也一起去？”

“对啊，你要是不想去也不必勉强的。”

我原以为她会很犹豫，没想到她只是开始有点惊讶，回过神来就立刻点头同意了。

“好啊！去吧。”

“咦？你要去吗？他叫我们现在过去，那我们不去吃鲜酪乳了？”

“嗯，我过去是不是不好啊？”

当然不是，只是有点意外罢了。这么怕生的小佐内居然会爽快答应，而且还直接放弃了让我请她吃鲜酪乳的机会。

“对了，堂岛同学家在哪里啊？”

我告诉她大致的方位后，她想了一下，说要先顺道回家一趟。我在脑中绘制了一下路线图，去健吾家的途中的确会先经过小佐内家。

我们离开商业街，按照小佐内的要求先到了她家。我在楼下等了十来分钟，她便换好衣服走了下来。这次，她把背心换成了高领衫，牛仔五分裤变成了长裙，牛仔帽也没戴，还是一如既往最朴素的打扮。也就是说，她已经彻底解除“变装”了。

## 2

健吾家是位于老城区的一户独栋小楼。小学时我曾受邀来过两三次，很久没来了，我原本还有点担心会迷路，没想到很顺利就找到了。这栋两层楼高的房子，和隔壁的建筑间隔不足一米，前后左右立着一圈围墙，像是在宣示着自家的领地。我们按了门铃后，身穿T恤和牛仔裤，一身休闲打扮的健吾立刻就开了门。

“啊，你们来啦？”

健吾一边说着，一边从我的肩膀探过头去，和躲在我身后的小佐内打了声招呼。

“嗨，小佐内同学！”

“你好！”她也微微点头示意。

“快进来吧！”

我们跟着他走进玄关，穿过铺着木地板的走廊。虽然以前也觉得他们家不算大，可长大后再来，更觉得有些局促。不过，进入客厅之后感觉就完全不同了。客厅放的东西不多，有一扇很大的窗，虽然估计只有十平方米左右，可还是给人一种开阔的空间感。最棒的是冷气开得很足，顿时让人神清气爽。稍显宽大的茶几四周，放着几个格子坐垫，我们三人分别坐下。

刚刚落座，健吾就说：

“等我一下，我去冲点美味的热巧克力。”

说完，他便走出客厅。

“热巧克力？”

小佐内不可思议地小声嘟囔了一句。香甜的热巧克力，确实和健吾的粗犷线条有种违和感。

在他出去的瞬间，我都以为他是故意为奇怪的幽默做铺垫。不过我立刻否定了自己的想法，毕竟健吾的个性非常直爽。

没等多久，健吾就返回了客厅。他手上捧着托盘，上面放着三个咖啡杯，杯里装着满满的热巧克力。为了不让热巧克力洒出来，他小心翼翼地将托盘放到餐桌上。我们各自伸手拿了离自己最近的杯子。

“这就是你刚才说的好喝的热巧克力？”

“是的！万豪顿的可可粉。”

万豪顿？那不是到处都有的牌子吗？在超市里，它通常都是和森永之类的品牌放在一起的。虽然没有实际比较过，但好像并不是什么稀罕的牌子。不过健吾自信满满地说特别好喝，我自然不会当场吐槽，让他难堪。我默默地偷瞄了一眼小佐内，她看起来似乎也有点大失所望。

于是，我们就在大热天在开着冷气的房间喝起了热巧克力。嘴唇碰到杯子的一刻，并不觉得很烫，但里面的巧克力比想象中烫得多。这种天气，但凡想一想都应该给客人端一杯冷饮吧。不对，就算不多想也不应该冲热饮的啊。算了，人家好心招待，我哪来那么多抱怨。不过实际一喝，这个热巧克力还真的非常好喝。这着实把我吓了一跳，真没想到大大咧咧的健吾竟然能泡出这么好喝的热巧克力。

“这可可粉是用热牛奶去冲的吧？”

“当然啊！”

“冲泡得这么均匀细腻，可不简单啊！”

我不像小佐内那么热衷于甜品，当然对热巧克力也没那么了解，可是健吾做的比我自己冲的好喝很多，这个我还是能品出来的。一般热巧克力最让人讨厌的地方，就是喝起来总有点粉腻感，然而健吾冲泡的完全没有那种感觉。

健吾嘿嘿一笑，说道：

“你也喝得出来呀。怎么样，是不是很想知道我的冲泡秘诀呀？”

“不用了，我没什么兴趣。”

“我还是告诉你吧。只要一步，味道就完全不同了！这样冲泡热巧克力，连美食家都会对你刮目相看哦！”

明明自己按捺不住要显摆，干吗还问我想不想知道啊！

“只要一步？是先放糖再放盐之类的吗？”

“什么？哪有人在热巧克力里放盐的呀！”

我哪知道啊——我暗想着。小佐内默不作声，捧着咖啡杯吹着热巧克力。看来她是小猫舌头，很怕烫。健吾的冲泡秘诀，小佐内肯定早就会了。她只是弓着身子，专心致志地吹着热巧克力。

我只好乖乖地配合健吾问道：

“好啦，该告诉我你的秘诀是什么了吧？”

“好好听着啊。先在咖啡杯里放入可可粉，然后加入滚烫的热牛奶。注意啊，加牛奶的时候要一点一点慢慢倒，这可是做好的关键哦。”

“这样啊！”

“加入一点点热牛奶后，把可可粉用力搅拌成糊状。”

健吾的动作像是在研磨什么东西似的，还继续说：

“等可可粉完全变成糊状后，再次倒入热牛奶。喝多少加多少，然后放入适量的糖，最后再搅拌……”

这回他的动作有点像是在拿着搅拌棒调饮料了。

最后，他指了指咖啡杯。

“这样，就完成了。”

我再次看向杯子里的热巧克力，心中不觉啧啧称奇。我自言自语般地低声说道：

“原来如此，果然是多一道程序，味道就完全不同了。真要谢谢你了，告诉我这么有趣的事。”

我明明是真诚坦率地表达感激之情，健吾却欲言又止，一副说不上是不快还是怀疑的神情。

“哎，常悟朗……”

他开了头，却又把话咽了回去。接着，他轻轻咳嗽了两声，声音洪亮地继续说：

“我想起一件事。”

这转换话题的方式可真是糟透了。

健吾侧过身转向小佐内。

“听说前阵子是你帮我们解决了问题，真的是麻烦你了。”

说完，他朝着小佐内鞠了一躬。

小佐内捧着咖啡杯，热巧克力喝到了一半。虽然她的半张脸都被杯子遮住，但还是看得出来她一下愣住了。

“多亏有你，才没让学姐失望，真的很谢谢你呢。”

哦？我仔细一瞧，健吾居然能保持跪坐的姿势直接往后退，在桌子和坐垫之间留出鞠躬的空间，好灵活啊！这个动作的重点，应该是脚的大拇指的运用？

“我原本应该早一点致谢的。我和常悟朗都不懂画，幸好他认识小佐内同学，真是帮了我大忙。”

小佐内从遮住半张脸的咖啡杯后偷偷朝我使眼色，大概是想我插一下话，转移话题。

“啊，健吾，说起来啊，前阵子……”

然而，节奏没能被我带偏，健吾自顾自地继续说：

“虽然常悟朗自以为是地解说过了，但你没看过实物就能发现那么多问题，到底是怎么做到的呢？能不能告诉我呀？”

“我……我……”小佐内终于放下了咖啡杯，说道，“我想借用一下洗手间。”

说完，她便站起身来。健吾被硬生生晾在了一边。

“啊，洗手间在玄关旁边，向左一转就能看到了。找得到吗？”

“应该可以。”

小佐内快步走出客厅。看着她的背影，我在心中暗暗对自己帮不上忙感到无比自责。

小佐内穿过走廊木地板的脚步声渐行渐远，健吾用耳朵确认她走远之后，突然转向我。

我察觉到他似乎有话要说，于是先开口问道：

“说吧！星期天把我叫过来，有什么事呢？”

可是健吾摇摇头，说：

“也没什么大不了的。”

“我好好地散着步，你特意把我叫过来，就是为了教我如何做出美味的热巧克力？你的好意我心领了，可还是有点说不过去吧。当然，能喝到这么好喝的热巧克力，我还是很开心的！”

虽然不是直接怼他，可我的语气明显带着讽刺的意味。然而，健吾听了居然莫名地受用。

“看来你还是很有锋芒的嘛！”

“什么意思？”

健吾的手指离开杯把，他说道：

“我这个人最不会拐弯抹角了。”

“我知道。”

“那我就直接问了。你小子初中到底出什么事了？你和以前的感觉也差太多了吧！那个杀也杀不死的小鸠常悟朗跑哪里去了？”

“有吗？哪里变了？”

我仍是装傻充愣。

健吾的语气格外地冷静。

“哪里变了？哪里都变了啊！你看刚才，我告诉你冲泡可可粉的方法，你竟然说：‘真要谢谢你了，告诉我这么有趣的事’，这像是以前的你会说的话吗？”

我啜了一口热巧克力。炎热的天气果然还是更适合来杯冷饮啊，我暗想道。

“我不懂你的意思。以前的我是什么样啊？”

健吾并没有沉不住气与我辩驳，只是一直瞪着我。唉，真怀念啊！以前我们常常这样互相瞪来瞪去呢。

“以前那家伙，自己知道的事情，只要不说出来心里就不痛快。要是自己不知道而别人知道了，就会阴阳怪气嘴上不饶人。

“可是，现在这家伙更讨人厌，稍微聊几句，就能看得出圆滑得很。原本那个嘴巴和个性都很差劲的小鬼，变成了一个满脸堆笑、别有用心的讨厌鬼。”

真是拿他没办法。我在他眼里竟然是这样的。我明明已经很努力地在脸上和心里挤出笑容迎合大家，一心只想当一个小市民而已。毫无防备之下遇到这种突如其来的穷追猛打，最让人无所适从了。可以帮忙转移话题的小佐内同学又刚好不在，这大概是我刚刚转移话题失败的报应吧。我拼命思考该怎么应付健吾的追问，却想不到任何足以应对的妙计。

我不禁越想越气，心中一把无名火烧了起来。我仍然面带微笑，语气平和地说道：

“所以，总结一下你的问题。健吾，你是想问我初中时遇到什么事情造成心理阴影了，对吗？”

“你打算说了吗？”

我又喝了一口热巧克力，放下杯子，摊了摊双手。

“答案很简单，就是什么事都没有。刚上初中时，可能的确有点像你说的那样吧。但是毕业以后，自然而然就变成了现在这副模样。我就是一个‘小市民’啊。”

健吾的眼神像是要把人看穿似的。

“你以为我会相信吗？”

“随便你。”

“俗话说得好，‘江山易改，本性难移’，没发生什么事情，我所认识的常悟朗怎么会变成这样？”

“可是，‘士别三日当刮目相看’，更何况我们已经三年没见了，只不过是健吾你一点儿都没变而已。”

我避开了健吾的视线。我已经过了和人互相瞪视较劲的年纪了。

健吾叹了一口气，说：

“每次听到你说：‘你说得是’‘你说得对’，我就心烦。你心里明明不认同，干吗要这样说？你根本就不是那种会随便附和别人的人啊。”

没这回事。我现在可是很诚恳地用心倾听别人的意见呢。可能有时候还处理得不够好，那只能说明我修炼得还不够。

我也有所察觉，自己的说话方式越来越冷淡。

“你听了心烦我也没办法啊！只好请你慢慢习惯了！”

“可能是我没表达清楚，但你应该明白我想说什么的啊。”

我耸耸肩，像是要赶时间一样，一口气把话说完。

“好了，我懂了。可是，健吾啊，你是期待听到我出了什么事、遇到什么挫折才变成这样的吗？对不起啊，我没有什么故事能和你分享。什么都没有。我不是有什么理由才非要当个小市民的，就像健吾你应该也不是为了什么才要当一个大好人吧。你就是为了和我说这些，才把我叫过来的吗？没别的事的话，我要……”

话到嘴边，我突然想到——我不能说走就走啊，小佐内去洗手间还没回来呢。话说回来，她是不是去得也太久了。

我知道健吾一定很懊恼，于是平静地看了看他。

“啊，我也去一下洗手间。”

“随便你。”

## 3

我并不是真的想上厕所，但还是走到了洗手间门口。洗手间的门把手没有扭紧，并没有关门。那小佐内跑到哪里去了呢？就这么一间小屋子……应该说，难道她竟然在不用花太多时间打扫的屋子里迷路了？我站在洗手间门前胡思乱想，突然听到不远处传来的声音——

“可是，那样子的话，数量就不对了吧……”

“说得也是，不过……”

声音好像来自厨房。有两个声音，一个是小佐内，那另一个声音应该是健吾的姐姐知里吧。我刚想靠近探个究竟，就立刻被眼尖的小佐内发现了。

“啊，小鸠同学。”

既然已经被看到，那就没什么好躲藏的了，于是我走到二人面前。知里姐姐看了我一眼，只说了句“你来了”，便又抱起了双臂。

我和健吾的交往还是小学时候的事情，所以小学毕业后也就没再见过知里姐姐了。听说她也在船高就读，看来以后不能再叫她知里姐姐，要叫知里学姐才对。健吾是一张国字脸，知里学姐则不然，不过他们两人的轮廓都很深邃。虽然拥有同样的特征，健吾的外表给人的感觉是“棱角分明、孔武有力”，而知里学姐却是“五官立体、容貌艳丽”的美人，感觉她的气场和高跟鞋很配。此刻，知里学姐瘪着嘴，似乎遇到了什么麻烦。

“出什么事了吗？”

我问的是小佐内，回答的却是知里学姐。

“我们在接受猪头健吾的智商挑战！”

什么？

大概是我此刻呆滞的表情太搞笑了，小佐内在一旁偷偷笑了起来。

知里学姐松开双臂，指着水槽说：

“你看，水槽是干的！”

“啊？”

“而且，摆在水槽里的只有一把汤匙而已！”

我看了看水槽，里面真的只有一条小小的汤匙，汤匙前端还沾着一点巧克力色的水滴。不用问，这应该就是用来搅拌可可粉的汤匙吧。

“这个……怎么了？”

知里学姐向后拨了一下头发。

“你脑子生锈了吧！健吾刚刚不是给你们泡了热巧克力吗？”

热巧克力应该不会用“泡”这个动词吧，茶叶用“泡”的话一点问题也没有，咖啡用“泡”也并非说不过去，可是热巧克力用“泡”总觉得怪怪的。不过我没说出口，免得又被人家说我是“别有用心”，我可受不了。

“是呀，学姐怎么知道的？”

“刚刚我和学姐聊天的时候，我告诉她的。”

小佐内轻声说道。

告诉知里学姐，健吾给我们冲了热巧克力，又不是什么大不了的事情，用不着这么战战兢兢，如履薄冰吧……

“如果，刚才是用牛奶冲了热巧克力的话……”知里学姐摊开双手，像是示意我们观察一下整个厨房，“这里至少应该有个小奶锅吧？”

哦，原来如此。没有热牛奶，就做不成热巧克力，所以这里应该放着加热牛奶的锅子才对。可是，不一定非要用小奶锅，炒瓢、汤锅，只要是个锅就行了吧。

“会不会用完就洗了？”

我想都没想就脱口而出。

“就说你脑子生锈了！都说水槽是干的了！”

学姐的反应好激烈！

老实说，刚刚和健吾的谈话让我很不痛快。奇怪的是，明明情绪很低落，可是看到学姐这么兴奋，我反倒有点想笑。一丝苦笑划过嘴角，我心头的郁闷也释放了几分。大家都说笑一笑十年少，不知道这种勉强的苦笑算不算呢？

“不弄湿水槽却能做出热巧克力，这是可能完成的任务吗？”

“不好说，可能健吾花了点心思做到了。”

“你的意思是说，现在叫你以同样的方式弄出热巧克力，你也能……”

“做不到。”

“我也不行，她也不行。”

学姐指的那个“她”也轻轻点头。

学姐收拢手指，握紧拳头，狠狠地说：

“我不甘心……”

这有什么不甘心的呢？

“小鸠，你能接受吗？你可是和健吾从小一起长大的吧？”

“是一起长大，那又……”

“连那个猪头健吾都能做到的事情，我们却搞不懂，你甘心吗？”

“那当然不甘心啦！”

我条件反射地回答完，然后就知道自己完蛋了。一不小心又说出了真心话。

小佐内小声尖叫道：

“小，小鸠同学！”

不过，知里学姐对我的答案非常满意。

“对吧，对吧。那就赶紧和我一起来破解健吾的手法吧！”

猜得到开头，却没想到结尾，事情竟然发展到了这一步。不过出尔反尔非君子。健吾的小伎俩，我怎么可能破解不了呢？让我来小试牛刀吧。

其实，这应该根本就不是什么难题。不用小奶锅，还有别的办法可以热牛奶呀。这个厨房虽然不大，但该有的家电一应俱全，所以一定也有“那个东西”。

我环顾四周，果然不出所料。微波炉！他家的微波炉比我想象中的要大得多。

“你家的微波炉好大啊！”

听我这么说，知里学姐颇为得意地回应道：

“为了做蛋糕才特意买这么大的，还可以当烤箱用！”

一向克制的小佐内也不由得两眼放光，对着微波炉露出无比羡慕的神色。

“这个微波炉，应该放个十寸的威风蛋糕都不成问题。”

“所以呢？你不会认为健吾是用微波炉来热牛奶的吧？”

这语气怎么有一丝嘲讽的味道？我点点头说：

“用微波炉的话，就不需要锅了嘛。”

“可是，那就要用到非金属的容器了。当然，厨房里有不少瓷杯、瓷碗、塑胶制品之类的，你是不是觉得这些碗也挺合适的？可问题是，我刚才就说你脑子生锈了，我已经说第三遍了，水槽是干的！”

对哦，对于用锅还是用碗，这根本没差别啊。

不对，牛奶不是非得一次加热吧。我竖起三根手指说：

“这样行不行？准备三个咖啡杯，倒入牛奶，然后放入微波炉加热，就可以完成三杯热牛奶了。”

然而，小佐内在一旁小声提醒我：

“可是，小鸠同学，我们喝的可不是热牛奶哦！”

“对，是热巧克力，那就再用汤匙把可可粉加入热牛奶里。”

“可是，小鸠同学，我们喝的可不是一般那种难喝的热巧克力哟！”

我刚想问她是什么意思，就立即反应过来……没错，困扰我们的难题，不是普通的热巧克力，而是“美味的热巧克力”。制作方法我们刚才已经知道了，要将可可粉倒入咖啡杯中，再一点一点地加入热牛奶。

所以，我们要找的不是盛热巧克力的容器，而是倒热牛奶的容器。

而且难点是，水槽是干的。

“啊……”我恍然大悟地叫出了声。

知里学姐双手抱胸，说道：

“看来你终于搞清楚状况了。你说，这个猪头健吾到底搞了什么花样？如果他没有使用锅碗之类的容器，而是直接将牛奶倒入咖啡杯再放进微波炉里加热的，那就要用六个杯子了呀！”

虽然只是无足轻重的小细节，我还是开口纠正道：

“用不着六个，四个就够了。三个杯子用于加热牛奶，一个杯子用于制作‘美味的热巧克力’。在杯子里溶解可可粉后，第一杯就完成了，这样一来，就有一个杯子空出来。重复这个动作三次，就能做出三杯‘美味的热巧克力’。”

然而，我的说法也立即遭到修正。

“不行，小鸠同学，这么做的话，在制作第一杯热巧克力时汤匙就会被弄湿。可是这之后还要从袋子里取两次可可粉呢。按照你的说法，水槽里的汤匙应该还有两根才对……”

小佐内并不打算投身到我们的解密游戏当中，可对知里学姐的碰壁和我的意气用事，她没有选择坐视不理。我不禁在心中暗暗合掌以示感谢。

“按照健吾的个性，难以想象他会邋遢到把已经沾湿的汤匙又塞进整包可可粉中。如果不是这样，他应该是准备了一个‘加热牛奶用的杯子’和三个装了可可粉的杯子，待牛奶加热之后，再倒进装有可可粉的杯子里。来回一共操作三次。这么做也行得通吧？”

这么做必须要用三次微波炉，实在有点瞎子点灯白费蜡，怎么想都感觉不大可能。

知里学姐不耐烦地摇摇头说：

“你不要再做无用功了！你刚刚说的每种做法，都要用四个咖啡杯吧？可实际上，就只用了三个杯子！”

有道理！我又陷入了沉思。

不过，刚刚的讨论也并非无用功，至少已经指明了一个大方向。

我对二人小声说道：

“呃，我觉得只要调整思路，问题就能迎刃而解了。”

“咦？调整思路？”

“刚开始我是这样想的——‘已经有了最终盛放热巧克力的容器，那么就需要找出用于盛放热牛奶的容器，问题就变成为什么我们找不到这样的东西’。然而，思路也可以转换为——‘已经有三杯热牛奶，所以还需要混合牛奶与可可粉的容器，可实际上却没有，这是为什么’。这就是我调整后的思考方向。”

“哦？”

知里学姐的脸上浮现出颇具深意的笑容。我虽然很想知道她在盘算什么，但是眼前的问题更让我想即刻一探究竟。

等一下！到目前为止的想法是：三杯热巧克力需要四个容器，可现场却只有三个。

有了！

“我没猜错的话，他是这样做的吧！”

她们的目光又集中到我身上。

“那就是——他只做了两杯‘美味的热巧克力’。剩下那一杯，只是在热牛奶里加入了可可粉，泡成平常那种粉腻的普通热巧克力。这样是不是就解释得通了？”

这样一来，刚刚所说的那两种方法，不管哪种都能够做出两杯好喝的热巧克力和一杯普通的热巧克力。

“有道理。”知里学姐表示认可。

可是小佐内像是在神游一样，过了一会儿，她向我投来软弱无力的目光。她是想反驳却有所顾忌吗？为什么小佐内会……啊，我明白了。

“对不起，这个答案也不成立。”

“为什么？依健吾的个性，把给自己的那杯随便乱冲一下，也不是不可能呀！”

“知里学姐当时不在场，所以不知道。托盘里的三杯热巧克力，我们是随机拿的，健吾并没有首先去拿自己那杯。”

当然他也有可能用了什么心理暗示的招数，让我们两人直接选择了那两杯美味的热巧克力。可是杀鸡焉用牛刀，只是喝热巧克力，完全没必要这么大费周章吧。再说，就健吾的头脑，我可不觉得会转得那么快。

既然如此，那还是只用了三个容器制作出了三杯热巧克力。

呃，健吾到底是怎么做到的呢？明明看不出有什么巧妙的手法啊。

我们再度陷入了沉默之中。三杯热巧克力，美味的热巧克力，这几个单词像蜜蜂一样在我脑中盘旋，脑浆都快染成巧克力色了。

这时，小佐内低声说道：

“可以用两杯热牛奶做出三杯热巧克力……”

“嗯？”我和知里学姐同时惊讶地转头看向她。

小佐内顿时慌了神，像是要找寻一个藏身之所似的，紧张地向四下张望。可是在开放空间的厨房里，她没有任何地方可以躲藏。

她只好缩着身子，低着头，小声继续解释：

“先把两个装了牛奶的咖啡杯放入微波炉加热，做出两杯热牛奶。然后再准备一个空杯子，把可可粉溶解。接着做出两杯美味的热巧克力。到这里都和小鸠同学开头说的一样。接下来，从这两个杯子里，各倒出三分之一的美味热巧克力到空杯子里，这样三个杯子就都是美味热巧克力了。”

“原来如此，可是……”

没等我把“可是”之后的话说出口，小佐内又自顾自地把话继续说完：

“可是，这样做的话，每个杯子都只能装百分之六十六的热巧克力，但我们拿到手的热巧克力，每杯都是满满当当的……”

“既然知道不对，你干吗说出来啊？”

小佐内立刻被知里学姐怼得面红耳赤。

“人家，只是不想冷场嘛……”

勇气可嘉，可赞可叹！

我正在心里为小佐内拍手叫好，知里学姐突然大叫一声：

“啊……我知道了！小不点说得没错！”

“小不点……”

这个称呼一定让小佐内非常不爽，她嘟囔着重复了一遍。

知里学姐毫不在意，继续把话说完：

“按刚刚的说法，的确能够做出三杯热巧克力，只是量的多少而已。

那么,只要一开始调的热巧克力浓一点,最后再用牛奶补满不就行了？”

我立刻反驳道：

“这样饮料就冷掉了。可我们喝到的，是烫到没办法马上下嘴的热巧克力呀。”

“那最后再用微波炉加热一下不就行了？那样就热了嘛！”

呃，这样的确能够只用三个容器，就做出三杯美味热巧克力，只是……

“加热两杯牛奶，做成热巧克力后分成三杯，等把牛奶加满，再重新加热，这样也太麻烦了吧？”

“他本来就是故弄玄虚想考验我们的吧！”

“不可能。如果健吾的问题是‘你们猜我是如何做出三杯热巧克力的’，那故意刁难我们的假设还可以成立，可是他现在并没有刻意向我们展现他制作的过程，所以很难想象，他会搞得那么复杂。”

知里学姐嘀咕了一下，又抱起了双臂。

“这么一来，我也能够只用三个杯子做出三杯美味热巧克力。只是，从效率上比不过那个猪头健吾，还是好气啊……哎呀，真是的！热巧克力为什么要用可可粉来泡啊？”

她的话听起来完全是在乱撒气，却提醒了我。

“对呀，有可能是我们全搞错了。”

“什么？搞错什么？”

“是呀！我们一直以为健吾的热巧克力是用可可粉冲出来的，可是，也许是我们没见过的浓缩可可汁之类的呢……”

听完我说，刚打起精神的知里学姐立刻变得垂头丧气。她有气无力地走近冰箱，打开冰箱门，在鸡蛋架底下的牛奶盒旁边赫然放着一个可可色的袋子。

“只有可可粉，普通的可可粉。”

小佐内又补充一句：

“万豪顿的。”

是啊，只有一包普通的可可粉。

“为什么要放到冰箱里呢？”

“可能是想防潮吧。既然是健吾干的，我想，应该不用想太多。”

哈哈，原来如此。就像有人把煎饼放在冰箱里防潮一样。其实现在的冰箱根本无法保持干燥……

总之，我们现在知道了热巧克力的材料并没有什么不为人知的秘密。唉，难道这是走入死胡同了吗？

小佐内小心翼翼地试探着说道：

“与其在这里苦思冥想，不如直接问问堂岛同学吧？”

知里学姐立刻斩钉截铁地回答：

“NO！才不！”

我没法像学姐这么干脆地拒绝，但是我和她的心情是一样的。虽然不是什么正式的解谜比赛，可是卡在这里就如鲠在喉，不破解的话怎么也不畅快。一定有一个突破口的。健吾总不可能施展什么法术吧。用三个容器解决需要四个容器的方法，就像要用一发子弹射杀两个人，这是哪门子的戏法啊。“有三杯热牛奶，还得有一个调可可粉的容器。

实际上却没有，到底是为什么”——这个问题的设定似乎有些奇怪，我们先入为主地设定了什么非必要条件呢？

小佐内盯着我，我继续思索着，知里学姐则在厨房里缓缓踱着步子思考着。

“水槽为什么会是干的？杯子和碗都是干的？难道他洗好后，全部擦干了？那为什么会只留下汤匙不洗呢？”

水槽是干的。既然住在同一屋檐下的学姐对这点如此敏感，就说明家里应该没有洗碗机。

我盯着自己的脚尖，陷入飞速的思考。我倒不是想陪着知里学姐一起玩解谜的游戏，当然也不是存心要与健吾对抗，纯粹就是觉得好玩。

水槽应该是湿的。健吾做完热巧克力，为了不让大家发现他用了第四个容器，有可能立刻把它洗净擦干了，可他绝不可能为了掩人耳目连水槽都擦干。既然没有使用水槽，那就意味着第四个容器还是湿的。依然湿漉漉的容器，没理由不被发现啊！

等等……

“湿漉漉的容器，没理由不被发现！”

我自言自语地说出自己所想到的关键点来整合思绪。

“小鸠同学……”

“也就是说，问题可以改成这样：‘要做三杯美味的热巧克力，需要弄湿四个容器，那第四个容器是什么呢’……被热巧克力弄湿的咖啡杯有三个，剩下的一个如果已经洗过，就会被水弄湿，如果没洗……”

没错！就是这个！答案就在这里！重新修正问题，答案已经呼之欲出。

我猛然抬起头喊道：

“知里学姐！”

“怎，怎么了？”

“请把冰箱打开。”

学姐被我的气势搞得有些晕头转向，她乖乖地打开了冰箱。问题应该不大，算一算时间，证据还在。

“打开了，然后呢？怎么了？”

我指着冰箱里的一角，说道：

“请把那个牛奶盒拿出来。”

知里学姐照我说的伸手去取牛奶盒，在碰到盒子的瞬间，她把手一缩。意想不到的触感，让她不由叫出声来：

“啊！怎么……”

“还是热的吧？”

我如释重负，还有点洋洋得意，抑制不住的笑容浮现在我脸上。

健吾直接把牛奶盒放进了微波炉加热。连大蛋糕都能烤的微波炉，区区一盒牛奶当然不在话下。金属制品不能放入微波炉加热，可是根据常识判断，纸类不会对微波有反应。因此，被弄湿的第四个容器，就是牛奶盒！

我仰望着天花板，长长吐了一口气。

知里学姐紧握拳头，气急败坏地大叫：

“健吾，你这个懒鬼！”

## 4

我和小佐内都去了洗手间，一去还这么久，健吾已经等得很不耐烦了。他问我们在做什么，我们就如实回答说是在和知里学姐聊天。他又问我们聊什么，我们回答：

“解谜。”

之后，我们又无关痛痒地聊了几句。只要小佐内在场，健吾就不会再提起让人无法接话的尴尬难题。没待太久，我们便告辞了。

天色尚早，太阳还没落山。在回家路上，我想起刚刚知里学姐的话。

——干得漂亮！你还在上小学二三年级的时候，我就觉得你脑子转得特别快！

——健吾一直很担心你呢！他说你现在有话也不直说，不知道有什么顾虑。

——我觉得他就是杞人忧天嘛！我看你还可以啊，完全没问题。

——刚刚看你那么兴致勃勃的，你对破案解谜很着迷吧？

——今后好好和我那笨蛋弟弟相处吧！

兴致勃勃、着迷，不管是哪个评价都不适合套在平凡的小市民身上。

小佐内一直沉默不语，而且有意避免和我有眼神的接触。是我说错什么话，还是做了什么事情惹她不高兴了？这种小市民的不安和怀疑又回到了我身上。

不过，她沉默的原因，其实我是知道的。

走到小佐内家的楼下，她说了句“拜拜”，就准备转身离开。如果就这样放着不说清楚，星期一再见面时气氛只会更糟，于是我对着她小小的背影喊道：

“小佐内同学。”

“……”

“别担心，以后我不会再这样了。今天是星期天，所以玩得有点得意忘形了。”

她的长裙一摆，她转过身来，笑了一下。虽然她平常也总是这副表情，可是这个笑容让我觉得她有些有气无力，像是带着一丝无奈。

“我不懂你在说什么。”

“小佐内同学……”

“虽然我们有过约定，但你要成为一个什么样的人全由你自己决定，我不会绑架你。今天的小鸠同学，和我第一次见到你的时候一样。这样让你更自在，那就这样好了。我无所谓的。”

她说得没错。虽然我们两人约定互惠互利、各取所需，可还没到必须要为此舍弃一切的地步。成为小市民是我们共同的目标，但一方要退出，另一方也没有理由阻止。

然而，此时此刻，我并没打算只身退出。

“只是因为今天是星期天啦！我有点玩过头了。只是这样而已。我不会再搞动脑筋推理那一套了。”

小佐内看了我一会儿。当我开始意识到她正在打量我时，她轻轻点了点头。

小佐内的身影消失在大楼中。

我还想再到街上散散步。于是决定，就沿着河边走走吧！

# 吃太撑

## 1

“叶绿体内的液体，是光合作用的暗反应的一部分，即卡尔文循环的反应场所。这一液体结构是什么？”

这道题，我明明背过的，却完全想不起来，所以背了也是白背。

其他空格差不多都填满了。还有一题，也记不太清了。“组成DNA分子，包含ATCG四种碱基的基本单位”，答案是脱氧核苷酸，还是脱氧核酸苷来着？虽然还有几题也是靠直觉和运气猜想的答案，但总算都写出来了。剩下的就是这个卡尔文循环的反应场所了。只要想起开头第一个字母，应该就能想出答案来。A、B、C……不行，时间不够，从O开始吧！O、P、Q……纯粹是浪费时间！啊，啊，一定背过的呀！苏醒吧，海马体！连结吧，神经元！我都不敢奢求时间也为我停止了！

然而，不管是海马体、神经元还是时间，它们都弃我于不顾。铃声响起，考试结束。

“考试结束，考生请停笔，试卷从后往前传。”

监考老师一板一眼地说道。

考场座位是根据考生姓氏排序的，很不幸我被安排在教室的最后一排。事到如今，只能放弃答题，留下那扎眼的空格，将试卷往前传。其实我也不是非要拿多好的成绩，只是想破头都想不出来，着实叫人有点不甘心。

总之，最后这门理科综合一考完，期中考试就全部结束了。班上已有人迫不及待地将窗户打开，好让清凉舒爽的空气吹进教室。唉，反正考都考完了，再想也没用了。现在刚好十二点，昨晚虽然没熬通宵，但很晚才睡，还是早早回家，奢侈地睡个午觉吧。

回到家，我随便吃了点东西，就换上家居服爬上了床。迷迷糊糊中，我正懊恼该不会睡不着吧，便听到电话铃声响起。睁开眼一看，才睡了将近三十分钟，脑袋却像深度睡眠之后那样神清气爽。现在不管是基质还是基粒，什么问题都难不倒我了。对呀，卡尔文循环那道题，答案就是基质！我想起来了，可覆水难收，已经来不及了。想什么呢，先去接电话！

我小跑几步，走进客厅，接起一直响个不停的电话。是小佐内打过来的。

“哎呀，怎么了？”

“呃，就是……”

她的声音听起来有气无力。跟她不熟的人，可能会觉得她一贯的说话方式就是无精打采的，但我还是听出了与平时微妙的差异。

“你等一下有事吗？”

“没有啊。”

“是吗？”她似乎松了一口气。“那你可以陪我去一个地方吗？”

太阳打西边出来了，已经到家的小佐内，居然又约我出去。反正试也考完了，现在已经睡意全无，什么事我都愿意奉陪。于是我爽快地答应。

“好啊！要去哪里？”

“呃……”不知为何，小佐内欲言又止，停顿了片刻，才用越来越小的声音说道，“Humpty Dumpty。”

“什么？”我的手不禁用力捏紧了听筒，“你是说那家‘Humpty Dumpty’吗？可是……”

“别说了，你什么都别问……”

这是什么情况？当初封杀“Humpty Dumpty”的可是小佐内自己。现在既然她提议要去，我当然也没理由阻止。

“知道了，我不问了。在哪里碰头？”

“三点，在店门口见，行吗？”

我瞅了一眼时钟，还有一点时间。我答应了她，然后挂掉电话。

换好衣服后，我骑着自行车出了门。穿春装有点热，穿夏装又有点冷，这天气真让人伤脑筋。半路上，我想起钱包里的钱所剩无几，于是决定先去一趟银行。尽管绕了点路，时间还很充裕。我到达约定地点，也就是那间红砖房子的小店门口时，时间尚早。店铺周围环绕着盛开的山茶花，砖造建筑就仿佛童话中的糖果屋一般，三角屋顶上竖着一个可爱无比的小烟囱。这样的店，可不是一般小市民类型的男生会独自进去的。

补充一句，这是一家蛋糕店。不只是建筑风格，就连这家店的店名同样让人印象深刻。店外的招牌上，用黄色的手绘POP字体写着“Humpty Dumpty”，翻译过来就是“覆水难收甜品店”。看了不禁让人会心一笑，感觉进去之后就会一口接一口地吃，根本停不下来。之前去的那家卖春季限定草莓挞的店叫作“爱丽丝”，这家又叫“Humpty Dumpty”，仿佛这一带卖西点的老板都是刘易斯·卡罗尔（**注：Lewis Carroll，《爱丽丝梦游仙境》的作者**）的粉丝。不过事实上，据我所知，店名与《爱丽丝梦游仙境》有关的，也只有这两家店。严格来说，“Humpty Dumpty”也不一定与爱丽丝有关，不排除店家的灵感是来自英国民间儿歌集《鹅妈妈童谣集》。如果有家甜品店取名叫“恶龙Jabberwocky”，我倒是觉得挺酷炫的。

Humpty Dumpty的甜点口味整体偏甜，黄油与白兰地的味道格外突出，却不会与其他食材相冲，可以说融合得十分巧妙，恰到好处。这是小佐内很喜欢的一家店。可就是因为太过情有独钟，结果总是一不小心就吃太撑。于是，她下定决心绝不再踏入这家店半步。我之所以这么清楚，是因为她最后一次来这家店并信誓旦旦说不再光顾时，作陪的人就是我。那天小佐内吃下的蛋糕体积，的确比她的胃容积还要大。

想起这件事，我就忍不住笑出声来。

“你居然在这里一个人偷笑……”

我没有听到自行车的刹车声，也没有听到人的脚步声，我的身后没有丝毫的动静。此时，却传来了人声。我转过头笑着说：

“你什么时候到的呀？”

“刚到。”

小佐内的脸上毫无表情，看来她的确有什么心事。

“走吧！”

她简简单单地蹦出两个字，便快步走进店里。我赶忙跟在她身后准备进入，突然留意到门上贴着一张小小的宣传单。

“今日下午三点到五点，蛋糕自助餐，每人一千五百日元。”

原来如此，今天是店家搞活动，蛋糕任吃啊……

店内并没有播放任何背景音乐。

“我要一个戚风蛋糕，还有咖啡。”

今天小佐内要用戚风蛋糕来预热啊，我心想。

然而，她稍作停顿之后，又继续说道：

“再来一个水果千层、意大利鲜奶酪，还有草莓蛋糕。”

这是一来就要火力全开吗？

我先点了一杯咖啡。至于甜品，来都来了，不可能一点都不吃，于是单点了一个栗子蛋糕。我想我应该是吃不下第二个蛋糕的，所以没有选择自助餐，只是点了单品。

在二人座的桌前坐下，我才意识到这个时候根本不是出产栗子的时节，还是应该点一个当季的水果才对。我有点懊恼地看着小佐内的水果千层和蛋糕，上面铺着一层层新鲜的草莓，想必她一定是经过深思熟虑才做出选择的吧。她果然对甜品很有研究。

送来的栗子蛋糕倒不是特别难吃。虽然味道不差，但果然不出所料，吃完一个之后我就投降了。我继续小口小口啜着咖啡。小佐内转瞬间就以风卷残云之势解决了意大利鲜奶酪。接着，她向水果千层举起了刀叉，先是用刀叉放倒它，然后把刀竖着伸进派皮里，之后用叉子叉起切下的派皮，默默咀嚼起来。不知是无意还是有心，总觉得她像是跟眼前的甜品有仇一样，握着刀叉的双手似乎特别用力。

我脸上浮现笑意，问道：

“发生什么事了？”

“没有啊。”

她立即答道，说完又叉起一块派皮。

小佐内并不是那种一个人就不好意思进蛋糕店的小女生，所以她一定是有什么事想对我说，才会特意约我出来。不过，显然她并不想开门见山直奔主题，我问得未免太过直接了。

我为自己的唐突感到懊恼，又喝了一口咖啡，转换话题问道：

“今天考得怎么样？”

聊着聊着她可能就会慢慢敞开心扉，因此我打算先应应景，聊聊上午的考试。没想到，她突然停下了手上的刀叉。虽然她的脸仍朝着盘子上的水果千层，眼睛却往上瞥了瞥。

“嗯，还可以吧。”

“哦，那不错啊！”

“可是……”

她把最后一块千层派送入口中，立刻又把戚风蛋糕拉到自己面前，继续说道：

“最后的理综有点……”

哦？与我不谋而合。

“太巧了！我的理综也有一题想不起来了。”

“我也是，差点就想出答案了。”

她不像切水果千层时那样一小块一小块地切分，这次是一刀就切下了一大块戚风蛋糕。然后又继续说道：

“那道题——人体摄入的蛋白质，在什么蛋白酶的催化作用下水解生成氨基酸。我就想到一个胃蛋白酶，还有一个怎么也想不起来了。”

这确实是考试中常有的事。

“我快要想出答案了，结果……”

小佐内似乎还在为丢掉的一分耿耿于怀，她把剩余的一大块戚风蛋糕切成两半，留下的那块摇摇晃晃地横倒在盘中。

“……结果一个瓶子摔碎了。”

“什么？”

小佐内又拿起叉子叉起那块戚风蛋糕送入口中，接续说：

“结果，从教室后面的储物柜里掉出一个玻璃的饮料瓶，瓶子咣当一声摔在地上，害我吓了一大跳……结果，就全部忘光啦！虽然瓶子是空的，可考完试我还收拾了半天玻璃碴，真是气死人。”

“那确实很气人。”

小佐内又抬眼看着我，像是在观察什么似的，一直盯着我。或许是看我不知如何接话，她轻轻叹了一口气，说道：

“然后，我就突然觉得很伤心……所以就去找你了。”

这情绪也太跳跃了吧。

不过，我转头一想就反应过来。并不是她遗漏了什么情节，才让我觉得很跳跃，而是真实的情况是——她当时一定“非常火大”，才去找我的。小佐内怎么可能因为“伤心”就去找我，我敢打赌，一定是这样的。不过，她是铁定不会承认的。

我愣了一会儿，脑中一片空白，回过神来之后，我问道：

“是吗？你考完试后一直在找我吗？”

“嗯。”

原来如此。要是这样，小佐内该不会没吃午餐吧？俗话说，下棋动的是另一个脑袋，装甜点的是另一个胃。那空腹吃蛋糕自助餐的小佐内，今天会吃到什么程度呢？我对最后的结果还挺有兴趣的。不过，她刚刚说的是……

“你一直在找我，干吗不给我发邮件呢？”

“发了呀！你没回。”

“咦？”我赶忙翻了翻口袋。啊，不见了！找不到我的手机。我在脑中搜索了一圈，并不记得有把手机拿出来过。记忆再往前推，我把手机放入校服口袋里了吗？啊，对了！

“啊，手机在学校。”

“是吗？”

“嗯，考试前关了机我就放进书桌里了，走的时候忘记拿了。”

“这样呀。”小佐内放下刀叉，抬起头问：“要回学校拿吗？”

我想了一下。嗯，也好。我点点头。

“好，我回去一趟。”

“那我在这里继续吃蛋糕。”

说完，小佐内又把心思放回戚风蛋糕的切分上。观赏她那沉迷于甜品的神态与动作，不失为一种生活乐趣，不过我现在还是先把正事办完要紧。

这事倒是容易，在我看来只要回到现场查证一下就能解决了。

## 2

从船户高中往东北方向走，不远处就是“Humpty Dumpty”。船中差不多位于小镇的最北边，从这里骑自行车不用五分钟就能到学校。

期中考试结束后，学生的社团活动又如火如荼地开始了。运动场上到处可见棒球社社员和田径队队员们练习的身影。教学楼也没关门。

不管这些了，我得先去四楼的教室找手机。果然不出所料，手机就在桌子抽屉里。我开了机，一堆邮件纷至沓来。

“我们去吃蛋糕吧！”

“你在哪里？”

“你怎么没开手机啊！”

“小鸠同学？”

抱歉啦，小佐内！

把手机装进口袋后，我还有一件事要处理。小佐内他们班的教室应该是一年级C班。没穿校服就跑到学校来，很可能会遇到麻烦，只希望别遇到任何人。我一边在心里默默祈祷，一边穿过走廊。

一定是老天爷听到了我的祈祷，走廊上没有半个人影，C班教室也没人在。

“不好意思，打扰啦。”

我小声地打了个招呼，走进教室。

当然，教室的格局每间都差不多。无非就是黑板、讲台、讲桌、学生的桌椅、放着清扫用具的储物柜。可是，总觉得哪里不对劲。

是因为我未经允许就偷偷进入别人的教室，有点心虚吗？只是这样就感觉自己像是在做坏事，我真是一个当小市民的料啊。老早之前，在还没立志成为小市民之前，我偷偷进入别人的教室就会浑身不自在，果然是有贼心没贼胆。

我飞快地环顾一下四周，希望不要被任何人看到，尤其是健吾。要是让健吾看到我现在这个模样，他一定会笑着损我：

“你还是以前的老样子嘛！”

想到这里，我暗暗对自己说：“我又没给别人添麻烦，没什么不对的啊。”

只要没人看见，就可以任凭自己脑洞大开地展开推理，我的修炼还真是远远不够。

应该还有残留的证据，可以告诉我考试时瓶子掉落的原因。如果我的想法没错，嫌疑犯应该已经把罪证销毁了。可是就算处理掉，也未必能水过无痕。只要嫌疑犯不以为意、有所疏漏，就会留下一点把柄。

没错，瓶子掉落是有人故意为之。

这点小佐内也已经察觉到了。

船中教室的地板是环保亚麻地板，很有弹性。储物柜的高度也不是太高，就算瓶子从柜顶掉下来也不至于摔破。从一米高的地方掉到亚麻材质的地板上就会摔破，这么危险的东西很难在市面上流通。一般而言，瓶子会碎，不是有外在的力量敲击所致，就是掉到水泥地板之类的地方受到冲击。

现在这种情况下，瓶子居然碎了，为什么呢？只有一种可能，就是有人故意把瓶子弄破了。

这个操作并不难。首先，要把瓶盖取下来。这是小时候我和朋友捣蛋恶作剧时学到的经验。有没有盖子，瓶子的强度会差很多。接下来就是要有破损，最好是裂痕。可是要把裂痕弄得刚刚好太难了，倒不如把破碎的瓶身用黏胶再复原比较好。

所以，瓶子不是自然下落、自然碎裂的。既然瓶子碎裂是人为的，那难保瓶子掉落，不是有人别有用心。

究竟是什么人要在考试时让瓶子掉落呢？小佐内就是气愤有人妨碍她考试，才一气之下破戒跑去吃“Humpty Dumpty”。

“她这是借暴饮暴食来泄愤啊！”

想到这点，我不禁莞尔。

只不过，小佐内搞不清究竟是谁基于什么目的做出这种举动，所以才会过来找我。其实我们有约在先，不管多生气、多烦恼，都不能找对方抱怨。可我们毕竟只是平凡小市民，因此她忍不住先约我出来，让我引出话题，然后借机说明情况……最后，要怎么做就看我自己了。

所以，我现在站在C班教室里调查了，从某个角度来说，也算是中了小佐内的圈套。

我绕了教室一圈，一无所获。教室门窗紧闭，感觉有点闷热。春天已经接近尾声。

就算找不到证据，也不会对任何人造成影响，但我还是不死心又绕了一圈。

这次当我巡视教室时，把关注的焦点放在了桌子上。船高使用的是一般学校常见的那种组装课桌，抽屉和桌脚都是铁制的，只有桌板是木制的。

这一轮的搜查，倒是让我发现了要找的东西。嫌疑犯果然是太过自信，或者是太过大意了。

某张桌子的侧面，贴着几段透明胶带，上面用油性笔写着几排字。厉害的是，如果站在桌子前面根本无从发现，它们正好贴在了视线的死角——

淀粉酶 淀粉→麦芽糖

麦芽糖酶 麦芽糖→葡萄糖

蔗糖酶 蔗糖→葡萄糖与果糖

原来是这么回事。小佐内没想起来的"胰蛋白酶 蛋白质→多肽"也写在上面。

找到了答案，我心满意足地撕下那些胶带，揉成一团塞进口袋。

找个合适的地方丢了它吧!

此刻，在回"Humpty Dumpty"的路上，我骑着自行车脚踏板的步子轻快了许多。

整件事情是这样的——有人故意将瓶子弄成容易破碎的状态，再设置了考试时会掉下来的机关。这么做，对嫌疑犯有什么好处呢？

考试当中，瓶子掉落碎裂，接下来会发生什么？

如果瓶子里装了汽油之类的酸性液体，事情就变成了恐怖袭击。然而现在看来瓶子里什么都没装，现场引发的状况，只有一点——“发出了巨大的声响”。

那么，考试过程中突然发出巨大的声响，又会怎么样呢？

小佐内同学被吓了一跳，把好不容易想起来的蛋白水解酶的名称给忘了。这样一来，一年级整体的理综平均分就会略微拉低，而嫌疑犯的成绩排名就能相对往前移。如果嫌疑犯的目标果真如此，那他就必须能未卜先知。要是他有这本事，与其干扰小佐内考试，还不如去预测考题，还能考得更好点。

除此之外，那就是……

安静的考场上，猛然听到巨大的声响，被吓一跳的可不只是小佐内同学。被吓到之后呢？刚想出来的蛋白水解酶的名称就忘了……不，这没什么大不了的。我猜，嫌疑犯真正的目的是让大家循声去找声音的来源，也就是一齐向教室后方看去。大家都这样的话，就不能说是有人违反了考试规定。说得更直白一点，在这种情况下，监考老师是不会介意学生公然在考试时东张西望的。

可以名正言顺地东张西望，那么……

考试时有机会光明正大地看其他地方，总不会去欣赏花鸟鱼虫，要看当然是看作弊用的小抄！

听到巨响后被吓一跳，应该说是假装被吓一跳，然后顺势往教室后方看去，此举能够争取的时间不过二三秒，最长不超过五秒。理综考的内容，大多是需要背诵记忆的生物部分，能有五秒时间看一下小抄，查漏补缺，确实有立竿见影之效。其实，我一开始想到的并不是小抄，而是跟同学挤眉弄眼发求救信号，不过这点很快就被我自己推翻了。短短五秒钟内怕是难以收发信号，而且也太过引人注目了。

这真是安全性极高的作弊方法，不会因为左顾右盼被抓，小抄又贴在其他人桌子的视线死角，难以被识破，真可谓高明。其实，嫌疑犯的心情我完全理解，这毕竟是入学以来的第一次大考，谁都不想考得太差。就算是小市民，也一样感同身受。只是，我可不屑去耍这么无聊的手段。

接下来的问题是，嫌疑犯是如何让瓶子在适当的时机掉落下来的呢？这个倒也不难。我们都有手机，只要把手机藏在口袋之类的地方，看准时机拨个电话，通话人的手机设置成振动放在储物柜里，受手机振动的影响，本来就岌岌可危的瓶子无法保持平衡自然会掉落下来。嫌疑犯应该就是用这种方式完成了作弊！其实不一定非用玻璃瓶不可，用冰块或者干冰，效果也一样。

红灯亮了。我停下自行车看了看手表，比我预想中耗费了更多的时间，搞不好小佐内已经吃完离开了。

于是，我先给她发了一封邮件：

“你还在蛋糕店吗？”

信号灯还没变绿，我就收到了小佐内的回复。

“正在吃南瓜布丁。”

就是说，我离开之后，她干掉了戚风蛋糕与草莓蛋糕却还没吃饱。真是牛人！

## 3

小佐内仍然坐在刚刚的位置上，面前摆放的却早已不是刚开始点的那些蛋糕。邮件上说的南瓜布丁也没见踪影。看来在我从路口骑过来的这段时间，她已经将南瓜布丁也收入了腹中。桌子上剩下的是奶酪蛋糕、提拉米苏，还有看不出是什么口味的蛋挞。

我坐下来后忍不住问她：

“你吃得下吗？”

小佐内无力地摇了摇头，面色凝重地回答：

“本来还想吃一个马约兰蛋糕，但可能真的吃不下了。”

所以，她的意思是，现在盘子里的这些，她还是有信心可以吃完的。想不服都不行，吃自助餐就是要有小佐内这样的觉悟才行。她拿起叉子，轻轻插入奶酪蛋糕表面那层艳丽缤纷的果酱中。

“结果呢？”

小佐内小声地问了一句。她的声音小到让我反应不过来是在问我。我不置可否地笑了笑。

“什么结果呀？”

我故意没理会她这直截了当的询问。

小佐内狠狠地瞪了我一眼，像是在说：你好大的胆子，居然敢跟老娘装傻。然而下一瞬间，她的视线就回到蛋糕上，眼神由凶狠变成了温柔。

“你说的是什么结果呀……”

继而我们都一言不发，沉默了片刻。刀叉碰撞盘子的声音听起来格外刺耳。

小佐内将切下的一小块蛋糕送入口中，继续保持沉默。见我似乎无意妥协，她轻叹了一口气说：

“什么事都没有。”

是的，什么事都没有。如果小佐内先开口问瓶子掉落是谁干的，那她就违反了我们的约定；如果我告诉她我回学校确认证据，查明了真相，那违反约定的人就是我。当然，我也可以辩称是碰巧思考了一下，想到了答案，可是这并不好糊弄过去。毕竟我们有言在先，我能为她做的事情，顶多就是听听她抱怨而已。

我们有约在先，互相掩护，一起逃离原来的生活。我已经决定不再耍小聪明，同样的，小佐内也有她要逃避的原因。健吾看不惯我的改变，其实小佐内又何尝是自己本来的样子。我发誓要当一个平凡的小市民，小佐内也一样。既然身为小市民，就算别人因为私心妨碍了自己的考试，她也不该多管闲事。她变了。

而没变的是她惊人的蛋糕消耗量。不对，这个也不是没变，而是与日俱增。

之后，小佐内便没再开口。没再开口，只是一个形容，是说她没再开口说话。实际上，她一直不断张口闭口，吞下各种甜点。不过，我看得出她加快了节奏。她面无表情，机械地摆弄着刀叉。Humpty Dumpty，覆水难收。如果可以让小佐内长一点肉倒是不错啦。

我又向服务员要了一杯咖啡，然后一边喝着咖啡，一边看着小佐内享受幸福的时光。她终于吃完最后一口提拉米苏，拿起自备的深褐色手帕擦了擦嘴角。

“腹中鼓鼓，不吐不快……”

呵呵，妙不可言，一语双关。我笑了笑，补充道：

“是《徒然草》中的名句啊。”

我们走出了“Humpty Dumpty”。本来我们都是骑自行车来的，可小佐内说想走走，我也只好奉陪，推着自行车和她一起往回走。为什么她突然想走走，理由当然不必多问，估计今晚她应该不用吃晚饭了吧。

“Humpty Dumpty”位于城北，距离市区还有一段距离。我和小佐内都没办法径直回家。半路上有条小河，我们必须过了桥，沿着国道一直向南走，走过船中附近，才能回到市区。

一路上小佐内都没怎么开口，我只好拼命找话题。左思右想，我说的却是最不该说的一句话。

“你可真能忍啊！”

小佐内抬起头看看我，点了点头，微微一笑：

“这点小事，不成问题……”

在下佩服！

我看看手表，快四点半了。我们在刚过三点时去到“Humpty

Dumpty”，小佐内在店里待了差不多一个半小时。虽然不是一个半小时都以同样快的速度在吃蛋糕，可还是令人叹为观止。

我们沿着西行的国道向南转，这个L形的转弯还有一条往北延伸的小路，所以准确地说应该是T字形的马路才对。眼看就要走到红绿灯了，在这里我们无须过马路，直接转弯即可。

突然，小佐内脸色大变，抬起头直盯着前方。

“怎……怎么了？”

我不禁问道。

她尖叫一声：

“坂上！”

“咦？”

我沿着小佐内的视线向前看，国道的另一侧，一辆银亮亮的自行车在人行道上横冲直撞。我没有看清，难道他就是……

小佐内咬紧牙关，猛地将原本推着的自行车来了个一百八十度大转弯，跨上车就往前踩。我立刻大喊：

“不要！小佐内！”

现在是红灯，傍晚时分的国道交通繁忙，当下我们是冲不过去的。再说，追到对方之后又能怎样？很快地，她也意识到这一点，冲出去几米后便停了下来。

“那是我的自行车……”

我们只能眼睁睁看着坂上迅速远去的背影。坂上转入了分岔口朝北的小路。从那条路转弯不久后就会有一个上坡，坂上随即下了自行车，推着车往上爬。

小佐内一直紧盯着坂上的举动。她背对着我，所以我看不到她的表情。一眼就能认出对方是坂上，小佐内的功力果然不容小觑。不过，事到如今还记得对方的脸，看来小佐内和我一样还没修炼到家。

坂上推着自行车爬上坡，终于从我们的视线范围内消失。一直站在这里也不是办法，于是我诚惶诚恐地小声说：

“小佐内同学……你的心情我懂，不过我们还是走吧！别追了。”

她缓缓转过头来，脸上竟然浮现一抹笑意，说：

“我的心情你懂？小鸠同学，你知道我现在在想什么吗？”

被她这么一说，我只好摇摇头。

“我在想，他还在拼命用着我的车，我的车也算没白丢！”

唉，小佐内同学，别硬撑了！你的笑容很僵硬。

我无言以对，只能站在一旁，任凭小佐内继续自言自语。

“嗯，今天真是一个好日子！试也考完了，蛋糕也吃了，还知道了我的自行车状况如何，真是一个好日子……”

啊，从某种意义上来看，此话没错。

“是呀！明天也能像今天这么好就好了。”

可是我的话却让小佐内无话可说了。她本来想再说些什么的，可还是勉强把话咽了回去，又笑了笑。

她的笑容令人心疼。想问的事没问出口，一肚子的话，再加上一肚子的蛋糕，她明天应该会肚子痛吧！

不管从哪个角度来看，她的肚子都不好受。

# 狐狼之心

## 1

隔天。

我刚打开简陋的外卖，就听到学校的大喇叭传出了一阵电流声。像我这样品行端正又没参加任何社团的人，学校广播的通知跟我基本上没太大关系，所以并未多加留意，然后直接掰开一次性筷子准备解决午餐。然而，今天播放的通知，虽然和我没有直接关系，却有间接关系。

“一年级C班小佐内由纪同学，请速到辅导员办公室。一年级C班小佐内由纪同学，请速到辅导员办公室！”

以前的小佐内同学是怎样的，我不了解也不敢多言，但现在的她绝对称得上是谨言慎行。她平日里与人为善、循规蹈矩，甚至连声多余的抱怨都没有，低调得不能再低调。同样以当个小市民为目标，我的修为和小佐内同学相比就差得远了。如果说我是“刻意低调”，那她简直就是练就了“隐身术”。

如此低调的她，竟然被第二次叫到了辅导员办公室！入学到现在还没多长时间，就两次被叫到辅导员办公室训话，对小佐内而言，除了无可奈何还能说什么呢？对于她被叫去是因为何事，我心里也猜到了八成。

我想她可能需要我的掩护，于是三两口扒完了盒饭，也急忙赶到辅导员办公室附近等她。

小佐内已经进了办公室，看来还在被训话。不到十分钟，她便开门走出来了。她和老师致谢道别，一合上门就看见我了。

“嗨！”

“啊，小鸠同学。”

我们并肩走着。更准确地说，是她走在我身后，保持着半步左右的距离。低头驼背，是她一贯的走路姿态，可是今天她的样子似乎并不是为了要与人隔绝，而像是受到了巨大的打击。她低垂着头，目光呆滞，无精打采。

“又是自行车的事吗？”

看来我的猜测没错。她被我的声音吓了一跳，猛然抬起头，随即又垂下头，默默点了点头。我说：

“这回又怎么了？”

“呃……他们说找到了。”

“啊，那不就好了？”

我故作轻松地笑着说。可是小佐内连一丝笑容也挤不出来。

她明明那么紧张自己的自行车，看现在这反应可见绝不是找到了这么简单。

我还在思考要不要催她继续说下去，不一会儿她自己先开了口。

“老师说，从北叶前的国道右转上坡，我的自行车就被扔在下坡的地方。”

北叶前的国道右转，从方位来看，就是朝南沿着国道往东转的地方，从那里直走，不就是那个T字路口往北的小路吗？我在脑中绘制出地图，立刻想到……

“那不就是昨天我们看到坂上的地方？”

“嗯。要是昨天追上去，就可以找回自行车了。”

小佐内的声音很小，想必她自己也知道事情未必那么简单。

“有人打电话来学校投诉，说有辆贴着船中标志的自行车丢弃在路边很碍事，所以我就被老师叫去训话了，怪我管理不周。”

我苦笑着说：

“他们上次明明都知道情况了呀。”

“就是嘛！”

上次辅导员明明已经知道小佐内那辆贴着船中停车许可标志的自行车被盗了，这次还批评她不好好管理，这也太不讲道理了吧。可是，小佐内在意的似乎不是不合理的指责。这也难怪，逆来顺受本来就是小市民的第一要务。

如果小佐内的情绪低落与自行车有关，那我能想到的原因就只有一个了……

“自行车坏了吗？”

她抬起头，扑闪着大眼睛看了看我，点点头。

“打电话投诉的人说，自行车被汽车压坏了，不过具体损坏到什么程度，我也还不清楚。”

详情还不清楚，不过碾坏没有骑乘者的自行车，已经属于毁损私人物品了，小佐内完全可以要求对方赔偿。我估计，压坏自行车的人百分百是那个打电话来的家伙。

午休时分的校园嘈杂不堪。我把小佐内送回教室，她用几不可闻的声音问道：

“放学后，我要去拿车，你能陪我一起去吗？”

她的请求几乎要被教室的喧嚣掩盖。

除了掩护彼此，我们并没有约定要为对方做其他事情，但我还是爽快地答应了。

## 2

放学后，我们离开学校。

“对了……”

“嗯？”

“希望自行车能修好吧。”

“嗯。”

一问一答，平淡如水。平时小佐内总是会提高警惕、保持戒备，留意着四周。今天，她却只是垂头丧气、两眼无神地盯着脚下。看来，不管我说什么都是漏勺盛油白费力气，最后我也不知道还能聊什么了。

小佐内推着被偷之后新买的自行车，我则跟在她身旁，一起并肩走在昨天走过的路上。远离市中心，房子与房子之间开始夹杂着一块块农田，人行道变得很窄，两人并行都很勉强。这时，一个大妈从后面骑着自行车经过，我绕到小佐内的身后给人家让出路来。等大妈通过之后，我索性就继续跟在她身后往前走。两人并排着又不说话，着实让人觉得很尴尬。

沿着国道一直走，往东到T字路口处，我们径直拐进小路，来到昨天的那个斜坡。昨天坂上开始时还骑着自行车上坡，中途改为推着车子前进，我们都以为这会是很陡的一个坡。今天小佐内推着车子上去，才发现这个坡并没有想象中那么陡，我要是站起来骑应该都能骑上去。

我们走到斜坡顶端，往前再走五十米下坡路就到了路的终点。一辆银亮亮的自行车静静地躺在那里，就是小佐内的那辆自行车。她盯着自己的自行车看了好一会儿，终于张开嘴。但是她什么都没说，只是长长地叹了一口气。从她的叹息中，我似乎嗅到了一丝波涛暗涌的危险气息。一定又是我在胡思乱想吧。

我们走下坡，靠近一看，我立刻放松了不少。

“还好还好，不是很严重啊！”

我一开口就说得很轻巧。

把手和脚踏板都还在，整体的骨架也没什么太大的损坏，只有链条脱离了变速齿轮，不过这种小问题马上就能修好。要是小佐内说一声，我现在马上就能修，只是可能会弄得到处都是机油的痕迹。整辆车看起来已经脏兮兮的，看来这几天坂上一直让车子日晒雨淋，没管过它。不过车子能物归原主，已是不幸中的万幸。

然而，一丁点的状况都逃不出小佐内锐利的眼睛。其实，就算今天自行车的状况比现在还糟，估计我还是会说同样的台词。

小佐内的视线停留在自行车后轮。我凑过去一看，原来后轮完全压瘪了，轮圈已经扭曲变形。我皱了皱眉，看来得换个轮子了。

没等我开口，小佐内就愤愤地嘟囔着：

“今早打电话来的那个人说，自行车横倒在路边，后轮占用了车道，所以昨晚被经过的车子辗坏了。”

后轮的挡泥板上贴着颜色鲜艳的贴纸，上面有船中的校徽和停车许可编号。

“不过只要换个轮子就好了，还是很幸运的！”

我的话一听就是故作轻松的场面话，很不自然。小佐内看都不看我一眼，只是用食指指了指前轮。乍看之下似乎没什么问题，可仔细一看……

“天啊！”

前轮也毁了。轮圈倒是好的，可中间的辐条弯了好几根。虽然算不上是严重故障，只是以后这辆车修好了也不太好骑了。

“这个用锤子敲敲应该能修好！”

小佐内轻轻摇了摇头：

“我生气的不是变形，而是……你看，这是有人踩过。”

的确，从那几根辐条弯曲的程度可以看出是受到相同的冲击力所致，辐条上还沾着一点泥，应该是有人在横倒的自行车上狠狠地踹了一脚。要是福尔摩斯，肯定能从上面的泥土推断出坂上去过哪些地方，可惜我没有那种功力。

今天的小佐内，比平时更快准狠。她指了指自己的脚下要我看。

“你看，他就是站在这里踩的。”

我站在现在的位置完全看不出她指的地方有什么不同，可是要跪在她脚边，又让我有点不好意思。

我挥手示意她往后退一退，然后屈膝蹲下靠近一看——

“嗯。”

虽然不是很明显，不过看得出人行道的柏油路上确实蹭上了车胎的印记。

小佐内拖着车轮扭曲的自行车，将后轮拖到车道上，前轮正好和人行道上的印记相吻合。哦，这样就很明显了，留在人行道上的车胎痕迹应该是大力踩踏辐条时留下的印记。

我一抬头，就看见小佐内用力地咬着薄薄的嘴唇。她一定是在拼命压抑着满腔的怒火吧。看她这个样子，我也不敢再继续装傻了。

她完全没有要离开现场的意思，只是紧握了拳头，眼睛仍在四下仔细搜索，试图寻找坂上留下的其他痕迹。我也一阵子没有出声，同她一起保持着沉默。

好一会儿之后，小佐内用与平时不同且缺乏感情的声音问道：

“小鸠同学，你说昨天到底发生了什么事？为什么我的自行车，会……变成这样。”

这让我如何作答？我一时语塞。我不想再卖弄小聪明。其实小佐内自己也很清楚，不对，她应该最清楚不过了，有了答案又能如何！可是，她还是选择问我。她一定是觉得与其不了了之，宁可要一个推论来消除心中的烦闷吧。那我只能成全她……我看看坏掉的自行车，又转头看看那个斜坡，然后回想起昨天看到坂上时他的举动。

仔细想想，其实昨天发生的事显而易见。我不再刻意装出轻松的样子，而是以平常的口吻说道：

“我猜，应该是这么一回事。就像我们昨天看到的，坂上匆匆忙忙地上了斜坡，结果半路可能因为胡乱变速，导致车链脱落。你看，这个斜坡其实并非那么陡，自行车应该能骑得上去。

“他当时在赶时间，可是车链脱落了，他一定很恼火，但没有立即把自行车丢掉。他没那么傻，他知道就算掉了链没法骑上坡或是在平地上骑，但下坡还能用得上。所以他推着车上了斜坡，又跨上车子顺势滑了下来。

“从这边到路的终点，大约还有五十米的距离，冲到这里自行车的冲力已经变得很弱，骑车可能还没跑起来快，于是坂上就在这个位置把车扔下了。

“接下来，虽然是在赶时间，可他还是忍不住对坏掉的自行车乱发了一通脾气狠踹一脚。说得再具体一点，就是狠踩了一下前轮的辐条这里。之后，他只好跑步，靠自己的双脚沿着这条路往前跑。”

我转头，望向此刻自己所指的道路前方。

然而，此刻我发现一个破绽。离开国道，爬过刚刚的斜坡，从我们目前所在的位置再往前看，目之所及除了稻田，还是稻田。偶尔可见一两块菜地和温室，剩下的就只有几间用于摆放农作机械的小屋子。这条连接面前T字路口的小路，往右边走完全是荒山野岭，往左边绕过一大片农田就又回到了市区。这就意味着……我不禁感到疑惑，停止了推理。

这时候，小佐内接过话头：

“那你说他要去哪里？该不会是去种田消耗多余的精力吧？”

她的语气里充满了嘲讽，像是换了一个人似的。她斜站着，把手肘撑在自己新买的墨绿色自行车上，唇边挂着一抹冷笑。我又有种不妙的预感，她原本就不是“表里如一”的人，现在看起来更让人捉摸不透。

我看着她的侧脸说：

“小佐内同学，冷静点。”

“我很冷静。重点是，你觉得他要赶着去哪里呢？往左铁定是回市区，往右就得翻山越岭。就算自行车没坏，不管要去哪边都还挺远的吧！”

她说得对。假设他是要往左朝市区方向走，根本没必要越过刚才的斜坡;假设他要往右走，没有相当的脚力和体力，只能困于山中，何况他还把自行车扔了，更是哪里都去不了。当然坂上可以选择跑去目的地，不过……虽说人不可貌相，可怎么看他也不像那么有毅力的人。何况，他要真是那种能靠两只脚丈量天下的人，一开始就不会偷小佐内的自行车了。

我眺望着脚下这条延伸至远处田间的道路，车道与人行道的分界线早已褪色龟裂，前方什么都没有。不对，前面也不能说是真空地带。

“对呀……他的目的地搞不好就是这条路。”

小佐内看向我问道：

“什么意思？”

“说不定他和人约好，会有车来这里接他？”

“什么车那么急，等也不等，急到他把车链装回去的时间都没有？不是还有手机吗？完全可以给司机打个电话说一声的呀！”

“如果是一辆公交车，当然不会等他。”

“公交车？”

“也有可能是这种情况。坂上打算坐公交车去一个远一点的地方，可是他迟到了，到车站时公交车已经开走了。于是他骑上自行车，跨过斜坡想抄近路绕到公交车前头。”

小佐内轻轻点了点头，但还是反驳道：

“可是这附近可见范围内都没看到公交车站啊。”

“这种偏僻的郊区，可能是那种招手即停的小巴士。”

小佐内几乎将整个身子都靠在自行车上，不经意地“哼”了一声，接着缓缓地说：

“你说得没错，可能是有那种招手即停的小巴士，可是在这种荒郊野岭的地方，会有公交车经过吗？就算有，多久一趟车啊？一个小时，还是两个小时？”

“不知道。查一下不就清楚了？总之，待在这里，我们什么也查不出来！”

也不知道小佐内有没有将我的话听进去，她将有点过长的水手校服衣袖往上卷了卷，看了一眼腕表。

“……”

“自行车被弄成这样，我知道你很懊恼，可是车子总算回来了。就到此为止，我们回家吧！”

然而，小佐内的回答很诡异：

“我才没有懊恼……再等一下，再多待三分半钟就好。”

“行啊，多待一会儿倒是无所谓……”

我条件反射地回答到一半，才发现她的说法很奇怪。

“三分半钟？会发生什么事？”

她看了看道路左右两侧，此刻，她的目光锐利、咄咄逼人，没有丝毫的迟疑，与平日在学校里闪闪烁烁、随时准备逃避的眼神完全不同。

她没看我，只是说：

“再过三分半钟，就是昨天我们看到那家伙的时间。”

“哦。”

“如果真的是公交车，等一会儿肯定会看到。”

原来如此，她说得没错。

我将倒在路旁的那辆旧自行车扶起，像小佐内那样用手肘撑着车把手等待那一刻的到来。小佐内的脸上没有显露出焦虑的神色，很平静地等着事情自然而然地发生。

可是，我还是感到了挥之不去的违和感。在小佐内巧妙的诱导下，我开始一一回想昨天发生的事情。她的态度太不正常了。客观来说，要是以她自己标榜的立场出发，她应该会说：“偷了人家的自行车，还把车子弄坏，这人也太坏了吧。不过还好总算找到了自行车，只是要花点钱修理，有点麻烦。”这样才正常啊……而且，她为何会对坂上的一举一动那么留心呢？

我偷偷瞄了瞄她，她的右手在微微晃动，细细的手指插在裙子口袋里，眼睛直勾勾地盯着前边的道路。奇怪的是，不知为何小个子的小佐内看起来并不像平时那么娇小了。她那扬起下巴眺望远方的侧脸，也不像平常那么弱不禁风。不知是不是觉察到我在观察她，她把手从口袋抽出来，拿出了一个什么东西。

“小鸠同学，你要不要？”

“咦？嗯，好啊！”

是棒棒糖，可乐味的。我拿着棒棒糖在口中转啊转，顺便瞄了一眼小佐内手中的包装纸，她的棒棒糖好像是哈密瓜味的。大大的棒棒糖塞进小小的嘴里，小佐内的脸颊鼓了起来，像是藏着满嘴饲料的松鼠一样。此刻，她身上只剩这鼓着的脸颊还散发出平时那种小动物的气息。

吃着棒棒糖，我们谁也没说话。棒棒糖在嘴里转啊转，已经过了三分钟，什么事情都没发生。远处只有一辆小货车慢悠悠地开过来。才等了三分钟就期待会发生什么事情，我也太心急了，连棒棒糖都还没吃完呢。

我没看手表，不过应该又过了两三分钟。小佐内把棒棒糖从嘴里拿出来，用纸巾包住棒棒糖的棍子，又放回口袋。我刚想着自己这根该怎么办，小佐内突然睁大眼睛叫道：

“小鸠同学，你看！”

T字路的左手边来了一辆公交车。坂上绕路就是为了等车，我对于自己这一结论还是相当有信心的，所以看到有公交车过来，并没有很讶异。

那公交车，就是一辆小巴士，并不是城市大众交通运输通行的车辆。小巴士越开越近，从我们面前开了过去。它的车身上印着一行字。我恍然大悟，原来是这么一回事呀！

小佐内似乎也了解了状况。她目送着公交车离去，喃喃说道：

“他就是为了这辆公交车而抛弃了我的自行车呀。”

公交车的车身上写着“木良北驾校”，那是驾校的免费接驳车。

如果坂上的目标是这辆小巴，那它确实没有公交站牌也会停车，而且也符合往返时间固定这一点。

小巴消失在道路尽头。远离市区的木良北驾校，就在右边大山的半山腰上，如同边关要塞一般孤零零地伫立在偏远的郊区。从交通便利性来看，这间驾校的学生，应该大多来自我们北边被群山环绕的邻镇。听说驾考中心合并后设在那边，在那里考驾照笔试十分方便。

我耸耸肩，说道：

“太倒霉了，不过事情总算弄清楚啦！我们回家吧！自行车怎么办？要修吗？需要的话，我可以帮你把链子装回去。”

小佐内原本凝视着离去的小巴士，听到我的话后，她扭过头来，豁然开朗般莞尔一笑……可是那释然的美丽笑容却让我感到一阵寒意。富士山很美，黄石公园也很美，可是富士山若是耸立在黄石公园内，就会让人很有压迫感吧。此刻的我，就是这种感觉。

不对，我是在哪里看到过这个笑容，因此才会觉得背脊发凉。

“弄清楚了？那可不对。小鸠同学，好戏才刚刚开始。好不容易抓到狐狸的尾巴！”

“狐狸的尾巴……”

“那家伙浪费了我的春季限定草莓挞，还到处乱扔我的自行车。拜他所赐，破坏了我循规蹈矩、安安稳稳的校园生活，害我被当成了小偷，还两次被叫去辅导员办公室训话。小鸠同学，你说我该怎么办？”

小佐内的笑容没有消失，说话的时候却一字一顿、咬牙切齿。

“小……小佐内同学？”

小佐内再度凝望着巴士消失的山中方向。

“怎么能不叫他付出点代价呢？”

显出原形了，显出原形了！说好不再这样的小佐内又露出了自己的真面目。我赶忙走到她面前说道：

“小佐内同学，不要！被偷的东西已经找回来，不要节外生枝，事情已经结束了。我们不是约好了，要当平凡小市民的吗？不肯忍气吞声，怎么当个小市民？”

我摊出底牌，全力说服她。她的笑容从脸上消失了，说道：

“我知道，可是……”

“忍耐，此时忍住就会风平浪静了！”

小佐内咬着嘴唇，看看自己骑来的自行车，又看看被偷走且弄坏的那辆自行车，然后怔怔地望着巴士离去的方向。

“可是我明明什么都没有做啊！什么都没有做，却被人……到底是什么？”

“什么是什么？”

“你说，对于小市民而言，最重要的事情是什么？”

“满足现状。”

我不假思索地立刻答道。

然而，小佐内慢慢地摇了摇头。

“对于小市民来说，最重要的事情，就是保全私有财产。”

## 3

小佐内错了。既然决心当一个平凡小市民，就不该再心怀复仇之火。然而，我阻止不了她。

既然如此，我就只能帮她。可是我的想法被她否决了。我们约好做彼此的掩护，却没有约定要相互助攻。我们是各取所需、互惠互利，不是相互依赖的关系。除非两人中有一方为了逃避一些事情需要挡箭牌，否则我与小佐内只是单纯的熟人而已。她严格遵守了我们的约定。

因此，她只是淡淡地对我说：

“这件事与小鸠同学无关，你别管了。”

我可以接受她的说法。的确，她要怎么制裁偷车贼都与我无关。即便她制裁失败，将自己陷入万劫不复的境地，也是自作自受，无须我出手相助。

可是，事情是不是真能如她所愿，我觉得有必要好好探讨探讨。

就这案子来说，我认为对于小佐内可能会遇到怎样的“失败”，有必要深思熟虑。我有非常不好的预感，真的是很糟糕的预感。

小佐内发誓要让坂上付出代价，可她总不会跑到坂上面前说：“因为你这样那样，所以要给我钱，赔偿我的损失。”而且就算这么做，坂上也不可能乖乖掏钱，弄不好反倒会让她自己身陷龙潭虎穴。

可是小佐内一副胜券在握的样子，实在让人惶恐，她该不会想做什么傻事吧？

距离小佐内宣告复仇已过了三天。昨天和前天是周末，不用上学，所以我们没见面，我给她发了邮件也没回。我还是有种不好的预感。

在这期间，我搜集了一些我认为可能有用的资料。其实搜集了，也不见得有机会派得上用场。我还在犹豫该不该有所行动。我早就决定收手，不再搞侦探推理那一套了，而且小佐内也叫我别管，所以我也觉得自己强行插手似乎不太好。

到了星期一放学时间，我还是决定未雨绸缪，以应付随时可能出现的状况。

我发了一封邮件，是给堂岛健吾的。

“请求增援！急需机动兵力以备不时之需。”

健吾回了一句：

“有话就快说！”

谢天谢地，他来了。

放学后，一脸不爽的健吾出现在我们教室。他板着脸、扁着嘴，双手交叉在胸前，直挺挺地站在我面前。

“嗨。”

“有何贵干啊？”

“好好好，坐下再说。”

我让他坐在我前面的座位上，他拉出椅子“咚”一声坐了下来。

平常健吾就总是一脸看什么都不爽的样子，可他一直这么板着脸，我也很难和他轻松地聊下去。还是先铺垫一下好了。

“不好意思，突然找你过来，你是不是还有其他事要忙啊？”

“是啊！我很忙，最近新闻社人手不足。”

“这样啊，抱歉抱歉。”

健吾用鼻子冷哼一声，说道：

“你嘴上说抱歉，可不发邮件非要当面说，到底出什么事了？少说废话，快点说！你要是没什么重要的事，我就要回社团了。”

“还挺重要的，但是，对不起啊，说来话长。”

“我不是叫你快点说了吗？”

健吾看起来很忙，可是整件事情如果不按顺序说一遍，就没办法让他了解我需要他帮忙做什么。于是，我把小佐内丢自行车的事从头讲了一遍。

那天，我和小佐内去买春季限定草莓挞，水上高中的坂上当着我们的面偷走了小佐内的自行车。后来，有一家人报案被非法入侵，结果有人在附近看到了那辆自行车。四天前，我们正好撞见偷自行车的坂上，他匆匆忙忙地骑着车爬上山坡跑了。三天前，我们找到了那辆被弄坏的自行车，后轮完全损坏了。

听着我的说明，健吾的脸色越来越凝重。按照健吾的个性，绝对不能原谅偷女生的自行车的人。

他放下抱着的双臂，坐直身子一脸严肃地听着。待我把事情原委讲完，健吾叹了一口气说：

“偷自行车啊？倒是常有的事。”

“是啊！”

“虽说经常有人被偷，可是被偷了就会有一笔经济损失，肯定会非常郁闷。一个轮子，少说也要六千日元吧。”

“是吗？要这么多啊？不过自行车能找得回来，已经很幸运了吧，很少听说被偷的自行车还能找回来的。”他看了一眼手表，说道，“你要说的就是找到太好了？那就不会叫我过来了吧？”

“聪明。”我轻咳了一声继续说，“小佐内同学打算报复偷车贼。”

健吾的表情，奇怪得无法形容，好像我说的是“鱼在飞”这样无厘头的话。就像半路遇到了狐狸，他愣了一下随即大笑起来。

“哈哈哈哈哈，漂亮！好好教训教训那家伙，让他知道偷别人东西会有什么下场！”

我皱着眉，等他笑完后继续说：

“我可没心思和你开玩笑。你当然可以好好教训教训那家伙，可是狗急了会跳墙，对方要是动手，我都不知道能不能撑得住。现在可是小佐内啊。真要动手，她就完蛋了。”

健吾摸摸下巴说：

“嗯，这倒是。”

他就像恍然大悟似，紧接着又说道：

“你的意思，难道是要我当保镖？”

“差不多就是这个意思。”

“是小佐内同学让你来找我的吗？”

我愣了一下，骗他是小佐内拜托的也不是不行，但肯定一下子就会露馅，我只好回答：

“不是，是我自作主张来找你的。”

想必他会觉得这事他不好擅自插手，他正要开口，但是我没等他说出来，就继续抢先说道：

“可是，我有我的理由。”

健吾合上刚刚打开的嘴巴，想了一下后问：

“理由？什么理由？”

“因为据我判断，小佐内同学正身陷危险当中。”

可能是“危险”二字，让事态变得紧急，健吾的眼神变得异常锐利。

“继续把话说完。”

我一时不知该如何接着往下说。失败！我真不是一般的不会表达啊。话已至此，如果我不好好说出理由，健吾肯定不会放过我。可这是我最不希望见到的结果。首先，这个理由，其实目前也只是我的推理。我原本只是想先说个大概，要是真发生了什么事，在千钧一发之际能够请他帮个忙。

我还有机会把话圆回来吗？

“怎么了？”

健吾满脸狐疑地看着我。

总之，先把能说的说出来！

“通过我刚刚说的那些事情，你应该也了解了，小佐内同学要去找的是一个有勇无谋的家伙。”

“你怎么知道那个叫什么名字的偷车贼是有勇无谋的呢？”

“他稍微聪明一点的话，就会把学校的停车许可标志撕掉吧……总之，我也不知道小佐内同学的复仇之路上会遇上什么麻烦，只是希望万一遇上什么事你能帮帮忙。”

健吾一直盯着我，我不自觉地悄悄避开了他的视线。

他不耐烦地摸了一下自己的板寸头，低声说：

“你真是一个讨厌鬼，让人看了就不爽。老是自以为是，傲慢得很。”

那都是陈芝麻烂谷子的事了，现在的我……

他长叹一声说道：

“所以，你到底想怎样？你想简单带过，也该有个限度吧。可能你是无心的，可是你知不知道你现在这样完全是在把人当猴耍。有话你就说清楚，不能说就不要拜托别人。讲得不清不楚，要人随时待命又不知道要去做什么。你这如意算盘也打得太好了吧？”

我抱着头，这不是夸大现实，而是真的抱着头。健吾或许不懂人情世故，但他不是笨蛋；他或许是一个老实人，但他不是白痴。我又不自觉地卖弄小聪明了。他说的这些话，总结为一句就是：我看不起他。

“要是你想说的就是这样，那我走了！”

健吾站起身，我下意识地叫住他。

他用试探的眼神看着我，双手抱胸说：

“要是有不能说的理由，你直说就行了呀。就说现在还不能告诉我，等事情告一段落再说，不就好了吗？”

“不是什么不能说的理由，其实是我自己也还没完全想清楚。”

“那就等你想清楚再说！”

“……”

“真搞不懂你。”

健吾摇摇头，缓缓说道：

“你到底在顾忌什么？你明明对自己的推理很有信心的啊，干吗不直接把你的推理说出来？这不是你最喜欢干的事情吗？”

“是‘以前’喜欢啦！”

看来只能听天由命了。过去我有多得意忘形，健吾是再清楚不过了，现在这是我最大的弱点。眼前有三条路可走——要么放弃找健吾当后援，要么光明正大地把我的推论说出来，要么就是……

我选择了第三条路。我低下头，喃喃说道：

“我早就不喜欢那一套了。现在，光是想起过去那段热衷推理的日子，我就浑身起鸡皮疙瘩。”

我这哆嗦且没底气的声音，连我自己都吓了一跳。

“……”

“前阵子去你家喝热巧克力，你不是说我很怪吗？那时候我还争辩，说你该不会期待听到我初中发生了什么故事吧，你还记得吗？”

“嗯，当然记得。”

我的眉头紧锁。这不是在表演，而是真的想起了那段不堪回首的过往。

“其实确实发生了一些事，到现在我还有心理阴影。我被人连击三拳，在拳击擂台上。先是一记直勾拳，被台边围绳弹回来，又吃一记左勾拳，倒下前再吃一记右勾拳。”

健吾一本正经地说道：

“亏你还能活到现在。”

“是呀！我活了下来，可是毫无疑问，我被彻底击倒了。我是有点小聪明，可是我心里并没有自以为是，以此自傲。那次打击让我受到足够的教训了，决定再也不得意忘形、要小聪明了。”

“太抽象了，我听不懂。你就不能具体点直说吗？”

我摇摇头。

“没办法。不过，基本就是我形容的那种感觉吧。都是我故作姿态，结果延误时机，只能招人怨恨。破坏了别人的幻想，让别人痛哭流涕，却没让事情有任何转机。我自信满满地在那里陈述，结果却被现实打脸。你觉不觉得每次都是这样？而且，还有更致命的一点。我终于意识到，别人遇到问题烦恼不已，拼命思考却还是想不明白时，我在旁边插嘴，问题是解决了，可并没有人喜欢我这种做法，更没有人会感谢我。相反的，大家都对我敬而远之，十分厌烦！”

“没那回事，是你自己想太多了吧？”

“你可能不知道，你和你姐都很好，觉得我脑子灵光，有事会找我帮忙，等事情解决了，会称赞我干得漂亮。可是你不觉得，会这么做的人并不多吗？就说上次那两幅画的事吧，你觉得胜部学姐会感激我吗？其实，我并不求感谢，我是心甘情愿帮忙的，可是，你觉得后来她为什么会露出不悦的神色呢？别人当面要我闭嘴，别多管闲事，这种话我也听过不下五遍、十遍了。

“说话方式讨厌，不顾及别人的感受，这样的批评更是多到数不胜数。或许吧！我从幼儿园开始，就能够先人一步看穿真相，个性又有点孤僻。所以，我到底要怎么做才对呢？”

我开始觉得口干舌燥，头晕恶心。

“与其自讨没趣，不如当个没什么本事、满足现状、成天幻想幸运降临的小市民。可就是这样，还要被人说是‘别有用心’，到底要我怎么样啊？”

糟糕，我好像说得太大声了。虽然放学了，可教室里还有不少人。我一不小心就越说越激动了。冷静，冷静！

保持微笑，很好，表情恢复！

“好了，总之就是这么一回事，所以只能请你多多包涵了。”

虽然很多细节表达不充分，但是基本上都符合事实。其实呢，我现在会吐露真情，是左右衡量后的权宜之策。我试图以受害者的姿态，表现自己“之前都是被迫扮演侦探形象”以博取同情，希望能够催人泪下！

然而有两点我失策了。其一，健吾最讨厌别人这样故意放低姿态；其二，想赚人热泪，语气应该要更可怜一些才对。都怪我的自尊心作祟，没法做到这一步。我说得太真，演得太少，事态恐怕无法照我的设定发展下去了。

我的演技完全没能打动健吾，他不为所动地说道：

“既然如此，你应该再好好考虑考虑，我觉得你还是比较适合做原来的你。”

“我刚刚说了那么多，你听进去没有啊？”

健吾放开抱着的手臂，挠了挠头说道：

“看来你刚刚是在说真心话，那么我也坦白跟你说，我不晓得你之前到底发生了什么事，但我一点儿也不想和现在这个别扭的你交往。基于过去的交情，我才会过来，要是你不说实话，我保证不会有下次了。

“你这家伙以前确实是一个讨厌鬼，但是我并不讨厌你……你要当你的小市民还是什么，随便你。但不好意思，恕我无能为力，你这个小市民拜托我的事，我帮不上忙。”

可以感觉到，此刻我就像一个傻瓜一样张着嘴愣在原地。啊，这家伙在说什么？说出这种话来不会不好意思吗？我盯着健吾看了好一阵子，他似乎也被弄得有点不好意思，故意摆出一副严肃的表情做掩饰。我不禁笑了出来，没一会儿板着脸的健吾也跟着笑了起来。亏他刚刚还忍了那么久！

“我说健吾啊，你也太过分了吧？拜托你也稍微考虑一下我的心情嘛！”

“Sorry，常悟朗，我这个人就是非常直率的。”

笑过之后，我抑制住高涨的情绪。接下来就是我的选择题了。是要遵守誓言，对小佐内的危险视而不见，还是听健吾的话，当个侦探把前因后果推理一番？

不管怎么说，这案子是小佐内的私事，所以做选择之前，还是应该先和小佐内联系一下。我从口袋里拿出手机，对健吾说：

“健吾，我来赌一把吧。我现在给小佐内同学打电话，要是能让她就此收手，这件事就到此为止。如果不行，我就再用用我的小聪明，好好推敲小佐内会有何危险，再把我的推论告诉你。”

健吾点点头，又摆出他最惯用的姿势，双手抱胸。

我找到她的号码，拨通了电话。

拨号中，我把手机贴着耳朵等待。健吾闭上了眼睛，不过应该不是在打瞌睡。

还是拨号中，我数着铃响的次数，十次、十五次……我按下继续保持通话键。

响了二十次，可以确定她不会接了。我取消通话，将手机放回口袋，健吾也睁开了眼睛。

事到如今，必须做决定了。我用右手握住左拳，放到桌子上，开口说道：

“好，开始吧！我感觉，这个案子一环扣一环，要小心推理才能有眉目。”

## 4

事态错综复杂。

具备超乎常人的观察力与推理能力之人，往往能够洞若观火，一步到位直接得出结论，但到最后却苦于不知该如何对普通人解疑释惑。我的观察力与推理能力还达不到超乎常人的地步，没办法立刻得出结论，只能一环扣一环，逐步推理。在这个过程中，难免会遇到瓶颈或者鬼打墙兜圈子，于是又回到原点，这时候只能相信自己的直觉了。希望能够一切顺利。

好，等等，先让我想想该从哪里开始……我让健吾稍等片刻，然后把拳头顶在额头上思考起来。健吾则抱着双臂，在一旁静候。

大约过了一两分钟，我放下拳头，缓缓开口说：

“好吧，我们就从头再梳理一遍吧！首先是三天前，我们在路上发现了小佐内同学的自行车，现场周围没有任何可能是坂上的目的地的地方，虽然如此，他却必须在某个指定时间到达那里。因为公交车会在固定时间抵达。这是唯一能够想到的答案。到这一步，有没有什么问题？”

我将三天前对小佐内说过的内容又说了一遍。

我猛地说完，健吾似乎有点不知所措。他把我所说的内容推敲一番，过了一会儿说道：

“你确定那条路上有公交车通过吗？”

“这个已经确认过了。”

“那就没问题了。”

“那辆公交车，是驾校的免费接驳车，坂上要坐的就是那辆接驳车。到这里有没有问题？”

健吾皱了一下眉头。

“等一下，在那个时间前后，只有那辆接驳车经过吗？”

“我们两人待在现场大约三十分钟，如果换算成目击坂上的时刻，那就是看到他前后十五分钟内就只有那辆车。所以坂上想坐的就是那辆接驳车，应该没错。”

“了解。继续。”

“也就是说，坂上准备前往驾校。”

“好，继续……”健吾说到一半，突然挥挥手，打断我：“这边有一个疑点。虽然他坐上了驾校的接驳车，但目的地不一定是驾校吧？搞不好只是单纯选一个方便的交通工具，和去驾校无关。”

健吾很谨慎嘛！的确不能排除他说的这种可能性……不对，也不是不行！

“木良北驾校提供的接驳车并不是便民车，所以应该不可能让非驾校学员的一般民众乘坐吧？”

“也对，可是如果像你说的那样，他们要怎么区分驾校学员和非驾校学员呢？”

怎么区分？

为了辨别去驾校的学员，唯有发一些可供证明的东西，而且那东西还必须是接驳车司机在驾驶的同时能一眼就看出来的东西。

我回想四天前坂上当时的模样，用来证明的东西……我想起来了，当时坂上带着的物品只有一个。

我缓缓开口说道：

“是包包，应该说是文件袋，一个白色的文件袋，那个就是驾校学员的标志。”

健吾点点头。

“那就没错了。听你这么一说，我也记得好像看到过有人举起白色的文件袋，招停巴士后上车。”

再怎么说，我和健吾在这个镇上也住了十五年了，虽说最初几年还没有记忆，但听他这么说，我也想起自己好像曾经见过这样的景象。那个记忆的片段，为我的推理做了佐证。

“所以，情况就是——暂且不管这是木良北驾校的独创，还是全国通行的规则，要想坐木良北驾校的接驳车，就必须在指定地点拿着驾校发的文件袋才能上车。

“也就是说，坂上坐上了接驳车，就必然是要前往木良北驾校。因为如果驾校的手续都办了，钱也缴了，却只是为了路过驾校而不是去学车，那不是很奇怪吗？”

“明白了，应该的确如你所说。抱歉，打断了你，你继续。”

我微微一笑。

“没关系，就是要你这样一一验证，我才能更好地厘清思路。此事关系小佐内同学的安危，帮我检验一下我的推理有没有漏洞，也算是帮我一个大忙。”

健吾双手抱胸，一声没吭。

好，按照为到目前为止的推理做个结论，那就是……

我深吸一口气说道：

“我们可以由此推断，坂上打算考驾照。”

健吾皱了皱眉头。

“嗯，可能吧。可是，那又如何？要不要考驾照，还不是随他高兴？”

健吾说得没错。

可是“坂上打算考驾照”这一结论，让我的恐惧加深了一层。从坂上乘坐驾校的接驳车，自然可以顺理成章地得出现在的结论。

那么，正如健吾所说，就算坂上要考驾照又如何呢？

“坂上为什么要取得驾照呢？”

健吾压抑住要骂我的冲动，干脆有力地说：

“为了开车呀。”

我耸耸肩说：

“就算没有驾照也能开车吧！毕竟车子只是一台机器。”

“常悟朗，说重点。”

干吗生气？生太多气会伤身啊。

我清了清喉咙，继续说：

“如果事情真的那么简单，也就是说坂上只是要考驾照，才能正式开车，那当然就没问题了。只能说祝他考试顺利。”

健吾叹了一口气，说道：

“所以，你的结论就是没问题吗？你要没别的事，我就先……”

我无视健吾的发言，沉浸在自己的思考中，继续自言自语道：

“可是，真的只是这么简单吗？他为什么非要取得驾照？也可以换个想法，他要驾照干吗呢？东西的用途不是只有一种，玻璃瓶可以用来当作作弊的工具，那驾照也可以拿来当飞镖切香蕉吧？”

“他最好只是为了练就你说的特技才去考驾照的！”

“从物理性的角度思考，塑胶卡片制成的驾照可能除了切香蕉还真没什么用，所以我们要从驾照的效用来思考。”

驾照的作用、驾照的效力，有了驾照能做什么？我没有驾照，所以实在有点无从推敲。呃，也不是非得有驾照才能明白。驾照应该并没有隐藏什么非要拿到手才能发现的重大秘密。

我见过几回驾照，上面显示的无非就是证件照、出生年月日，还有地址。

没错，问题就是这个！

我吸了一口气，停顿一下说道：

“我想说的就是，驾照可以替代身份证。”

不知道是不是我的思维太过跳跃，健吾的眼神中充满了质疑。可是他并没有发表其他意见，我就不管不顾地继续说下去：

“坂上为什么要拿到驾照？有几种可能性:第一，为了名正言顺有资格开车;第二，为了获取可以证明身份的证件。你有没有要补充的点，还有第三和第四种可能性吗？”

健吾左右晃了晃头，开口说：

“我没什么要补充的，但如果是这两种可能性，当然是前者的可能性高啊！”

“我们说‘当然会如何如何’的时候，现实往往并不是‘当然’会出现的情况。”

我说完这句“至理名言”，又继续说道：

“我觉得很可疑。如果是第一种情况，坂上只需按一般手续操作就行了，他能有什么顾虑呢？可是……”

我的话说到一半，健吾插嘴道：

“即使只是单纯想考驾照，也可能会有顾虑啊，比如会违反校规之类的。”

我立刻回答：

“在船中，考不考驾照纯属个人自由。至于水上高中，我之前倒是看到过他们的学生有骑摩托车上下学的。”

因为实在有点丢脸，所以我没告诉他是在蛋糕店前面看到的。

“我想，很有可能是校规中没有这一条。再说，虽然不该以貌取人，可是就算学校规定了不让考驾照，坂上那家伙也不会乖乖听话吧。”

“嗯。”健吾点点头。他看起来还持保留的态度，没有完全接纳我的说法。

我回归主题，说道：

“刚刚的话还没说完。我还是很怀疑坂上是否只是单纯想考个驾照……你给我一点儿时间！”

也许我的怀疑，只是不愿承认坂上是认认真真想考驾照的人。我必须排除自己先入为主的偏见。一个像样的侦探，是不会说出“反正不可能那样”“大概就是这么一回事”这样的台词的。真正的侦探，不会随波逐流，这和小市民的宗旨完全背道而驰。

时间过去了两三分钟。健吾一边等，一边在一旁发呆。他这个人真不错。

我的头脑中展开了一场信息风暴，我一一梳理，给它们加上定义。小佐内常常说，这时候的我看起来心情超好。

我总算厘清了头绪，疑点有三个。接着，我又花了一两分钟思考了一下该如何表述，然后伸出一根手指：

“首先，是距离。为什么坂上要选择木良北驾校呢？木良北驾校在郊外。坂上偷小佐内同学的自行车那天，我记得听他说过“回家去骑自己的自行车”，也就是说那天他是走路上学的。由此可知，坂上家距离水上高中很近。而水上高中，位于城镇的西南角。坂上从家到木良北驾校这段距离，就算有接驳车，也很麻烦。健吾你应该知道吧，我们这边还有另外一间驾校，木良西驾校。你知道，它在哪里吗？”

健吾一脸不耐烦地说道：

“就在水上高中往北走一小段距离的地方。”

“没错，也就是说，木良西驾校离坂上家不远。其实，不管从哪个角度来看，木良北驾校都不像是为了我们这里的居民设立的，更像是为隔壁镇居民设立的。从交通便利角度来看，坂上当然应该选择木良西驾校才对。”

“可是，你不是说:我们说‘当然会如何如何’的时候，现实往往并不是‘当然’会出现的情况？”

“干吗抢我的台词嘛！这句警世名言还是太庸俗、太老套了。不过，如果你觉得我的推理不足以说服你，你来给我评个分，值得怀疑度与不值得怀疑度，各得几分？”

“各得几分？”

健吾稍微想了一下，说道：

“六点五比三点五吧。”

“有这个分数就够了。那么，第二个疑点。年龄！”

我竖起第二根手指，继续说：

“小佐内同学的自行车被偷那天，坂上和他的团伙说话时称呼其中一人为学长。接下来这里很重要。我记得，他口中这位学长又称另外一人为‘学长’。另外补充一点，当时他们所有人都穿着水上高中的校服呢。”

“哪里重要？”健吾嘟囔着，“搞不懂！”

“那么我换一个说法。学长的学长，也就是说，坂上是学弟的学弟，所以呢，如果没什么特殊原因，坂上就是一年级的学生。”

“这个我知道啊！我搞不懂的是哪里重要？”

我轻轻一笑，说道：

“这不像你啊。这种官方手续，你不是最熟悉的吗？”

“官方手续？”

健吾鹦鹉学舌般重复了一遍我的话，接着恍然大悟，抬起头来看着我。

“对哦，高中一年级，和我们一样是……”

我用力点点头。

“十五六岁。而想拿驾照的话，年龄最小也得等到十六岁才能考一个电动车的驾照。现在是六月，六个人里面大概有五个人才十五岁，十五岁是不能考驾照的。也就是一比五，很可疑。”

健吾瞬间愣住了。

没等他说话，我竖起第三根手指继续说：

“第三点，态度问题。我们假设他已经十六岁了，假设他打算在木良北驾校考驾照，但据我所知，要考到电动车的驾照，并不用专门去驾校实操。再说，像坂上这样连偷个自行车都无所谓的人，会在乎去驾校迟到吗？接驳车已经走了，为了赶上接驳车，他必须骑着自行车拼命去追，而且要由南到北，穿越大半个城市，比接驳车先一步绕到位于城北的郊区。以他这样的人会这么做吗？”

健吾斩钉截铁地说：

“要是我，也会那么做呀。”

“我也觉得你肯定会，但我就不会。问题是坂上会吗？就为了考个电动车驾照，他犯得着吗？不管是考试还是上课，他也不见得会每天都过来呢。也不是说除了那天就不行。那他那天为什么不敢逃课呢？”

“为了考驾照谁都会稍微认真一点对待吧？另外还有一种可能，那就是有什么原因，一定要快点考到驾照不可。”

“对，应该是有什么原因。依我所见，没原因的话未免太奇怪了。那么，原因又是什么呢？”

“这样一想，就都说得通了。可能是团伙里比他辈分高的某人，要求他去考驾照吧！”

健吾的眼神变得更加锐利，他紧紧交叉着双臂说：

“是什么人让他去考？干吗要他考呢？”

我长吁一口气。好奇怪，“辈分比他高的某人”——我之前怎么从来没想过有这种可能性？为什么我会突然说出这种话？难道是我的直觉？我的脑中突然浮现出一个男人的脸，就是当时坂上那一行人中，唯一一个长得像模像样的男生……不对，我无凭无据不该轻易乱想。

我含糊其词地说：

“先不管这个。总之，你来评评分，一个偷车贼认真学车，值不值得怀疑？”

健吾轻轻叹了一口气说：

“好吧！七比三，不值得怀疑。”

好吧！

“我想到的疑点就是这三点。我们来算一算，你觉得坂上值得被怀疑的程度有多高？”

我从口袋里掏出手机，找到里面的计算机功能。

“第一点，健吾对坂上的信赖度有65%，第二点是五比一，因此约17%，第三点是70%。健吾，对于‘坂上当然打算考驾照’这一点，你认为可信度有多高？”

意识到自己上当后，健吾的国字脸不禁扭曲，越来越难看。这是我临时起意设的一个小圈套，我将自己的手机屏幕送到健吾眼前。

“0.077，约8%。因此照健吾的想法，你有92%认为坂上很可疑，这点可以接受吧？”

健吾松开交叉着的双臂，紧握双拳，不甘心地低声说：

“可恶……你又来了！你这混蛋，从以前开始就这样！只要你有心，就要得了别人！还说什么被彻底击倒！你真的很讨厌，混蛋！”

“我就当你是在称赞我喽！”

我嘴上这样说着，暗地里却吐了吐舌头。

虽然我靠着说话的技巧，否定了健吾的看法，但事实上三个疑点中的第二点很奇怪。其他两点都是：“的确值得怀疑，可没什么奇怪之处”，但年龄方面不可能就这样含糊带过，也不能说：“他才十五岁，确实没什么奇怪之处”。三项疑点并列相乘，这种算法也不对。再者，“十五岁拿不到驾照”不等于“十五岁不能学车”。只要驾照考试时年满十六岁就行了！可是，我刚才并未提及。

即便排除年龄问题，那只看65%与70%的话，他的不可疑程度仍低于50%。只要有一半的可能性，小佐内同学就有危险，我就必须有所行动，也必须请健吾帮忙。明知如此，我还要设套让健吾钻，我这样的确很惹人厌。我这种个性真是没救了。迈向小市民之路，太难一帆风顺了。

“所以，坂上想考驾照这一点很可疑。”

我继续说道。时间已经过了将近三十分钟，可是我并未慌乱，仍继续一步一步地仔细推敲。

“那么，驾照要用在可疑的事情上，有哪些方法？再怎么说，驾照是正式的身份证明，如果有心用于犯罪，有很多种可能性。”

健吾插嘴道：

“滥用身份证，就让我想到犯罪组织，这种事情国内外都一样吧！”

的确，说到犯罪组织就会让人联想到黑手党、帮派之类的黑社会组织。

不过我打断了健吾的话，我并不觉得会牵扯黑社会。

“你提到的也有可能。不过，真会是那样的吗？健吾，我不认为坂上是那类大人物的小喽啰，他们充其量只是高中生！”

“大人物的小喽啰，这说法太搞笑了。”

我的脸上也浮现出浅浅的笑容，低声说：

“不是大人物的小喽啰，只是一个高中生。然而绝非善类的坂上，拿到身份证明后到底能够做什么呢？”

沉思了一会儿，我的脑中浮现出一个想法。与其说是想法，不如说我心中有了一个大致的方向了。

“如果他这么做不是为了什么远大抱负，我想，十有八九是为了赚点零花钱。当然，能赚多少就要另当别论了。”

听我这么说，健吾点点头，说道：

“为了钱倒是有可能。”

“你也这么觉得吗？”

我的声音都变了。

如果健吾要我拿出证据证明这个结论，我可能真的无言以对。不可思议的是，健吾竟然一下就认同了。

他点点头。

“这种家伙的目的如果不是钱，我反而觉得更不可思议。”

我这人也是有病，别人太轻易接受我的推理，我反倒觉得不过瘾。

不过我认为，欲速则不达，论点还是再牢靠一些才站得住脚。

“我想，拿身份证做坏事的确能够赚点零用钱，但他也不一定是拿去做坏事。”

可是我这样说完，我们两人的立场迅速发生逆转。

健吾立刻反驳我的意见说：

“不可能吧！不是拿去做坏事的话，拿一般的身份证明不就行了？学生证、居民登记证都能用啊。”

“也对，你说得没错。”

健吾的双手交换了一下位置，他双手抱胸说道：

“可是，常悟朗，拿驾照做坏事，我总觉得哪里不合理。那个驾照是十六岁就能拿的电动车驾照，对吧？拿那种东西能做些什么呢？”

他想了想，又继续说：

“难道是要卖偷来的CD时，给人出示用的？”

我摇摇头。

“那也没必要考驾照，拿学生证就可以了。再说，如果坂上用自己的驾照卖赃物，我就搞不懂他究竟是想做什么了。毕竟利润少，又事倍功半。”

“你到底想说什么？我越来越搞不清楚了。”

“简单来说……”

我说到这里，停顿了一下。健吾所说的“不合理”，指的是假如坂上要拿十六岁的身份证明文件去做坏事，也赚不了什么大钱。既然如此，重点就变成——“只要能够大举获利就说得通了”。

我突然觉得很渴，于是用舌头轻轻舔了舔嘴唇。推理到这里，就渐入佳境了吗？我的脑袋开始感到越来越空虚，那是一种很少有的感觉。我虽然还在说话，舌头却有些不听使唤了。

“十六岁的驾照能够牵动的金钱的确有限，假设想牵动相当程度的金钱的话，未必得用自己的身份证明吧？所以我认为，他如果想好好赚上一笔零用钱，可以借用其他二十岁以上的人的名义制作驾照。只要满二十岁的话……”

我想起了几个贷款公司的广告词。

“常悟朗，你知道自己在说什么吗？”健吾有些惊慌失措，说道，“那是伪造文书罪啊！”

是吗？我没想过这样的事情会对应刑法的哪一条。总之，我认为他考驾照只是为了给下一步的行动做准备，而所谓下一步的行动，就是……

我无视健吾刚刚的意见，又说道：

“上驾校，需要准备什么东西？我想有必要调查一下。”

“打电话去问吗？”

“也可以啦！不过……”

我突然想起这两天我搜集的资料，其中也包含了木良北驾校的简介。我把资料夹在我常用的白色活页纸里。打开书包翻了一下，有了！木良北驾校，招生简介。这广告在镇上随处可见。

我将广告摆在我和健吾中间，一起研究起来。我的手指着报名须知那一栏，告诉健吾：

“你看这里，报名所须准备的资料。”

很好！

“居民登记证，印章。”

只要这些啊？如果是这样……这实在有点不妙，我的脑袋思考到一半时，才想起健吾还在我身旁。我加快语速把想法告诉他：

“居民登记证和印章……领取居民登记证，并不需要本人的身份证明，只要有印章就可以了。也就是说，健吾，坂上想以满二十岁的其他人的名义弄到驾照，他只要有一个印章就行了。有了印章，剩下的只要选择一个替罪羊—— 一个年满二十岁、有本地居民登记证，而且还没有驾照的人就行了。”

等等！我给自己那驰骋的思路踩了急刹车。符合这个条件，又与坂上有关系的人，我怎么可能会不知道呢！坂上偷了小佐内的自行车，因为他不够谨慎，没撕去上面的停车许可标志，害得小佐内两次被叫去辅导员办公室。第二次被叫去，也就是三天前，是毁损的自行车被发现那天。而第一次则是……

我想想。

“印章到处都有吧。‘小鸠’的印章可能还没那么好找，但是‘佐藤’之类的印章，文具店应该就能买到。

“可是，坂上他……我就挑明了说吧，利用坂上的那个集团所选择的目标，应该是一个罕见的姓氏。”

健吾皱着眉听着我的结论。我的话中提到很多健吾并不清楚的事情，所以他才会露出这种表情。我快速简单地向他说明：

“选举投票那天，镇上有一个名叫‘五百旗头’的学生家里进了小偷。由此可知，他有投票权，所以已年满二十岁，而且是本地的居民。当天，他被偷的东西，不是存折，而是印章。另外，坂上的自行车当天也曾在附近出现，有人在现场目击到小佐内同学那辆被偷的自行车。这一切看起来并不是巧合。”

健吾满脸困惑，突然低下头。我以为他要沉思一会儿，却突然听到他小声说：

“按理说没必要非考摩托车驾照不可，电动车的驾照学费又低又省事。”

我想了一下，说道：

“他要是为了平时生活，倒是摩托车比较方便实用，而且电动车的驾照能有什么公信力呢？感觉从来没见人使用过。”

“原来如此。不过……”健吾语气沉重地说，“我们没证据。”

“是啊！”

我轻轻敲着桌子。“咚！”我猛然加重了力道，健吾听到声音抬起头来。

“我总算知道小佐内同学打算怎么办了，还有为什么我会觉得小佐内同学有危险。”

我深吸了一口气，对健吾说：

“简单地用一句话总结——小佐内同学正在与诈骗集团对峙。”

这句话刚好可以为这一连串的推理做总结。我继续说：

“小佐内同学不能原谅坂上偷窃并破坏她的自行车，甚至白白浪费了春季限定的草莓挞。她仔细留意着坂上的动向，准备伺机给他致命一击。三天前，当她知道坂上前往驾校时，她就说过‘好不容易抓住狐狸尾巴了’。仔细想来，她说出那话，该不会是因为她用数码相机拍下了什么证据吧。她打算搜集必要的证据，只要能够拍下足以证明名为坂上的人的照片，还有他在驾校登记的是另一个名字的照片，剩下的就是……”

“剩下的？”

我不敢说下去了。可是在健吾面前，就算随便敷衍也要继续说。

“剩下的就是，小佐内同学会做到什么地步。我想她该不会去敲诈坂上吧……”

“等一下……”健吾不可思议地摇着头说，“你说的小佐内同学，是那个小佐内同学吧？我不记得她的名字了，就是前阵子来我家的那个小女生，就是……该怎么说，有点畏畏缩缩的那个……”

我勉强点点头说：

“嗯，就是那个小佐内由纪。”

“那个女生，会给人致命一击，敲诈勒索吗？”

我说话的声音越来越小。

“健吾，我是因为讨厌我的小聪明，所以才立志当一个小市民的。”

“……”

“你一定要帮我保守秘密，其实小佐内同学也和我一样，我们两人发誓要彻底当一个小市民，只不过她想舍弃的不是小聪明……”

我看看四周，担心小佐内又趁人不备地出现在我身后。很好，她不在。但我还是压低声音说：

“如果说我以前是狐狸，那从前的小佐内同学，就是狼。”

健吾目瞪口呆，他的表情已经表明了他的内心。

“现在只有面对甜点时，小佐内同学才会开心地展露笑容。可是，从前的她不是这样的，从前的小佐内同学最开心的是当她将伤害自己的人制服，并让对方体无完肤的时刻。”

对小佐内同学出手的人受过怎样的教训？为了报复这些人，她会多用心钻研？这些我就没必要告诉健吾了。有太多事情，说到这里就够了。再说，我也并非一清二楚。

自行车被偷、被破坏，甚至春季限定草莓挞被浪费，对小佐内来说，应该都不是重点。整件事情最重要的部分，在于给了她策划报复的借口。此时此刻，她筹谋着久违的复仇计划，内心一定激情澎湃。可是我们已经决定要当小市民了，我已经决定舍弃小聪明，而她也决定放弃自己的执念。自行车被偷的隔天，她说：“现在让我想点事情，我会比较轻松”，还主动提出给我帮忙，这完全不像平常的她。其实那并不是为了转移注意力来忘掉自行车被偷的不愉快，她并不是那么单纯的女生。

那天小佐内想努力忘掉的，是她喜欢复仇的冲动，这一点我很清楚。

“不可能，除非我亲眼见到，否则我不相信。”

健吾如此说道。

随便你！站在小佐内的立场，她应该也会觉得那样比较好，但重点不在小佐内同学的过去，而是她现在的处境。

我等不及健吾恢复平静，又继续说：

“总之，小佐内同学正在接近危险分子。刚刚我们算出来的数字，是百分之九十二吧？我们应该可以不用为她担心了。健吾恐怕不知道，小佐内同学是很厉害的！不用说也看得出来，她个子娇小，所以能够接近别人而不被发现。她身手好，技巧更好。我还曾经想过，搞不好她会使用暗器呢！她应该可以轻松取得照片的证据。

“只是，如果照我所做的解读，对方有人在负责整体的计划，坂上就是整个计划的漏洞。也许正因为如此，说不定他反而会受到什么意想不到的特殊保护。这些对手毫无疑问全是男子，蛮干的话，小佐内同学就有危险了。非善类的男子诈骗集团抓到她时会怎么处置……”

我身子一颤，继续说道：

“我完全不敢想象……”

“让我稍微整理一下思绪。”

“好！”我说完后就保持沉默，让健吾自己思考。他松开一直交叉着的双臂，轻轻甩了两三下，让血液循环恢复顺畅，接着又再度交叉起双臂，皱着眉，看来他似乎已经绞尽脑汁了。

其实他根本不需要思考，不论我目前的结论是真是假，他只要先答应帮忙，等我真的求助于他时，再去想该怎么做就好了。可是他从要不要帮忙，就开始认真思考。也许正因为这样，我才觉得他是一个值得信赖的人吧。我在某些方面可能看不起健吾，可是在很多时候我更认同他，这点我想健吾自己也很清楚。

他终于有反应了。他将右手伸进口袋，掏出手机，说道：

“现在有个简单的方法马上就能印证，等一下啊！”

他像在自言自语般地说完，没等我回应便按下拨号键。我不晓得他要打给谁，但对方似乎马上就接起了电话，看来是熟识的对象。健吾立刻直奔主题，说道：

“喂，现在有空吗？帮我查一个男的，他叫坂上，应该是去年从木户中学毕业的，我想知道他的生日。对，随便你用什么方法。”

哦？木户中学是这个镇上的初中之一。看来健吾不是有勇无谋啊。既然家住水上高中附近，坂上就读的肯定就是木户初中了。只要知道这点，就能够查出他的生日。我虽然没有想过，不过如果交友范围广，能和去年从木户初中毕业的人搭上关系，这样一来就简单多了，比如查查毕业纪念册什么的，上面一般都会写着学生的生日。

可是健吾的反应很奇怪。

“没有，不是。嗯，没错，我和小鸠一起……你说什么？然后呢？你答应啦？哦，没有，没什么问题。她已经知道了啊……好，这样就可以了。麻烦你啦！”

他挂了电话。

“发生什么事了？”

我等着健吾开口。

他摸了摸头说：

“被抢先一步了。”

“被坂上吗？你在和谁通电话？”

“我姐啦！她老是自傲自己有几百个朋友，问这种事情找她就对了。

还有，抢先一步的不是坂上，是小佐内。”

怎么会？

“昨天小佐内已经拜托过她调查同样的事情，我那白痴老姐还以为小佐内把你甩了，改成和坂上交往了呢，还说你很可怜。”

我不禁觉得想笑，不过不是因为知里学姐的误会，而是小佐内的行动力。

“我都不知道原来小佐内同学和知里学姐有这么好的交情啊。”

“不是，根据我老姐的标准，只要讲过话的就是朋友。你们来过我家，所以对她来说已经是死党了。”

嗯，事实上不只是因为我们去过她家，而是知里学姐、小佐内和我，我们三个曾结盟接受过“健吾的挑战”。

“先不说这个，我问到了。”

有答案了吗？我端正坐好。

健吾没有兜圈子，而是直接说道：

“姓坂上的男生只有一人，老姐不记得日期是几号，不过确定是十二月出生的。我们可以确定，坂上今年只有十五岁。”

我吞了一下口水。

“嗯……”

这样一来就能知道，坂上真的想考取驾照的可能性很低。虽然也不能说可能性为零，因为坂上有可能是重考了一年才上了水上高中的，不过这想法大概不成立。

健吾像是提起了精神似的，重重地吐了一口气说道：

“整个事件我已经了解了，有需要尽管找我，我会在第一时间赶到。不过我说你啊，你既然明知道整件事的状况，为什么不先阻止小佐内同学呢？”

“试过了，没用。”

我一边说着，一边与健吾同时站起身来。他看了看手表。对了，他刚刚说有事，我却和他谈了这么久，真是对不起。

其他就没什么要说的了。我正要和他道别，这时我的手机响了。我的手机没有设定音乐当作来电铃声，不过邮件和电话的提示音不同。是邮件，我若无其事地拿出手机。

“是小佐内同学发来的……”

“什么？”

正要走出教室的健吾停下脚步。

打开邮件后，我感觉到自己的体温瞬间急速下降。不知道是不是看到了我的异样，健吾走过来问道：

“发生什么事了？”

“我也不清楚，这是什么鬼东西？”

手机屏幕上是小佐内发来的邮件。邮件里一个字也没写，没有标题，正文处也只是有一个网址，点进去后，是一片空白。

如果这只是普通的空白邮件还没什么，可是这么做到底隐藏了什么目的？

虽然我并不想这么想，脑袋却不由自主往不好的方向联想了。我不禁喃喃自语：

“她现在的状态，该不会是想打字却打不了吧？”

听到我这么说，健吾立刻反应道：

“常悟朗，你是走路来的吗？”

“啊？嗯。”

“好，那我骑车载你。是木良北驾校吧？走吧！”

健吾说完，便奔出教室。

不对，健吾是否奔出了教室，事实上我根本没看见。因为我比健吾更早一步冲出了教室。

## 5

我拼命地咬着牙，后悔得不得了。这已经不是第一次了，我之前也曾经因为同样的原因吃过亏。我不断回想刚才对健吾说的话。初中时，我的三大失败中的一个就是故作姿态，结果延误时机。

没错，我必须得到健吾的帮助。单凭我一个人的力量，充其量只是在这场复仇战争中变成炮灰。两个人一起行动，至少还能够及时逃离。

然而，事到如今，当时的选择似乎错了。既然阻止不了小佐内，我就应该陪在她身边，就算是没用的英雄主义也好，廉价的匹夫之勇也罢，在她身边就好。危急存亡之际，我却无法遵守与她的约定。明明说好要彼此掩护，现在却……

不对，事情还没定论。小佐内传来的空白邮件，是不是包含了什么我没想到的深意？或者只是单纯的手误？搞不好她并没有陷入什么危险的境地。也许我并不像自己想的那么像狐狸，而只是一个大笨蛋，我的推理也好结论也好，都只是一个大笑话。

所以，为了确认这点，拜托！健吾，骑快点！要不就是小佐内同学，拜托！快点回邮件！我发了几封邮件，小佐内都没回复。

“可恶！这辆破车！”

健吾低声咒骂了一句。

我们来到郊区那个斜坡前，也就是三天前我和小佐内一起越过的那个斜坡。就算健吾体力再好，骑自行车载着一个人爬上这个斜坡也不是一件容易的事。我跳下自行车，在后头推着健吾往前骑。不一会儿工夫，快到斜坡顶端时，我突然想到一件事。

“健吾，现在几点？”

健吾看了看手表，喊道：

“四点半！”

“准确点，几分？”

“四点……二十六分！”

很好！还来得及。我奔出学校时带了书包，我的书包和健吾的一起放在自行车前面的篮筐里。

“健吾，等一下，把书包给我。”

“书包？现在不是在赶时间吗？”

“赶时间才要拿啊！”

健吾虽然不明就里，但还是停下了脚步。他匆忙把书包递给我。我打开书包，用眼睛快速扫了一遍里面的东西。应该在，我平常用的那个。

“有了！”

一张平淡无奇的白色活页纸。

“你要做什么？”

“别管了，快走！”

健吾急忙骑上斜坡顶。到了坡顶，我再度坐上自行车的后座，我们一口气冲下了坡。大概是平时骑车的方式不同吧，健吾的自行车车链并没有脱轨。我们来到T字路前，往左就是通往市中心的路，往右则是木良北驾校。到这里，我又一次请健吾停下自行车。健吾急不可待地问道：

“这次又要干吗啊？”

“来了，接驳车来了。我来搞定，你锁好自行车。”

就在我说话的同时，驾校的接驳车出现在道路的另一头。我将自己的书包抱在胸前，对着接驳车高高举起那张白色活页纸，在头上挥舞了一下，假装是准予坐车的许可证。如果我对接驳车的推理没错，希望司机的视力也如我所想象的没那么好。

挥了几次，我收回手，屏住呼吸。

接驳车的大灯闪了几下，准备靠边停了。

车子接近，就会看穿我手上拿的东西根本不是木良北驾校的资料袋。我假装若无其事地将活页纸收入书包里。

“常悟朗，你这家伙真是……”

健吾完全看傻了眼，但我并不是要他惊叹我这骗小孩的把戏。

接驳车在我们面前停下，可是现在距离收到空白邮件已经过了二十分钟。

我一屁股坐在避震效果不佳、颠颠簸簸的接驳车座位里，一言不发，咬紧牙关。在这二十分钟内，会发生多少事情？我忍不住一直做最坏的打算。

初中那次，我没赶上。就在我得意扬扬地当着众人的面解开谜团时，所有的事情已经结束了。事情在我不知道的地方发生了，所以是否解开谜团，对所有人来说已经一点儿意义都没有，都只是一个马后炮罢了。这次该不会也发生同样的情况吧？我又错过了吗？

到驾校要五分钟以上。真是漫长的五分钟啊！

驾校的大门，简单朴素。现场人不算多，但是很多元，什么样的人都有。有身穿现在流行的格子衬衫的年轻人，也有让人怀疑他是否真的能驾车的老人。可是没看见小佐内的身影。怎么办……

正当我被焦急支配了情绪时，"呃！"我的脖子突然被人勒住。准确地说，是有人揪住了我的衣领在往后拉。我的喉咙发出奇怪的声响，差点跪倒在地。我转头一看，这回膝盖却没力了。

一个作男孩子打扮的女生站在我身后，我差点就要问她，"我们是不是在哪里见过"。她上身穿着下摆有些毛边装点的褐色夹克，下身配了一条破洞牛仔裤和穿旧的球鞋，除了牛仔帽有些不搭，整体的穿着和谐统一，还透着时尚感。

"呃……"

我刚要开口，她立刻用手指抵着自己的嘴唇示意我不要出声。

她招招手叫我过去。我对站在身后的健吾也同样招招手，于是我们三人一起进入挂了“吸烟室”牌子的房间。

健吾一关上门，那女生便脱下帽子，十分满意地笑着说：

“也不用那么急着赶过来呀！”

小佐内由纪变装完毕。与整体的时尚感不搭调的帽子，应该是用来遮掩波波头不得不配的吧！赶上了，而且看来时间还很充裕……不对，说赶上也有点怪异，看来并没有什么非赶上不可的危险场面嘛！

“你，你是小佐内？”

健吾颇没礼貌地指着小佐内。他只见过身穿水手校服的小佐内同学，还有之前一身朴素打扮去他家的她，因此眼前的小佐内确实带给他不小的冲击。发现自己的变装模样被看见，小佐内的笑容一下子消失了，悄悄地对我说：

“为什么堂岛同学也在这里？”

我还搞不清楚现在到底是什么状况，唯一可以确定的是小佐内同学平安无事。既然如此，我们的担心是多余的吗？我突然觉得亏大了，一脸无奈地回答道：

“还问我为什么？如果只有我一个人，怎么应付得了危险场面？”

“危险场面？”

“你不是在跟踪坂上？”

“是没错……”

我和健吾的脸上都浮现出问号。

“你不是叫我来救你？”

“我哪有？”

“你不是传了邮件给我吗？空白的邮件。”

“啊，那个呀。”

小佐内的神情立刻轻松愉悦起来。她拿出手机，是她新买的带拍照功能的新手机。

“嗯，我传了邮件给你啊，发了证明坂上盗用‘五百旗头’的名字来上课的证据。我想既然是小鸠同学，应该会注意到我在调查什么吧！”

证据？照片？我打开小佐内同学发给我的邮件，拿给她看，说道：

“哪有什么照片？邮件的内容只有一个网址而已，而且网址点进去，什么也没有。收到这种东西，我当然会担心呀！”

小佐内看看我的手机屏幕，屏幕上只有一个叉。

“小鸠同学，你的手机能看照片吗？”

“我的手机没那种多余的功能！我喜欢简单的机型。”

小佐内无奈地摇摇头：

“不能支持JPEG文件，可不能说是‘简单的机型’……”

“要不然是什么？”

“古董机。”

接着，她快速地操作着自己的手机，说道：

“给，我传给你的就是这个。”

小佐内的新手机上，出现了坂上面朝桌子的画面。这应该是众多证据照片中的一张吧。

我总算弄清楚是怎么回事了。

我的手机是老款手机，虽然能够收邮件，但无法接收彩信，也看不了照片。小佐内先把图片上传到某个网站再传网址给我，因此我的手机只收到了网址，而网址出现的画面又变成了空白。简单来说，就是小佐内不应该用新款手机。

我顿时像泄了气的皮球，浑身没有一丝气力。

我回头看了看健吾，他还是瞪大了眼睛直勾勾地看着小佐内，无法接受眼前这个中性打扮的女生就是小佐内由纪。我挠了挠头，对他解释：

“那个……健吾，谢谢你拼命骑着自行车带我来，你可真是腿力过人啊。小佐内同学已经完成任务了。”

“那不重要，重要的是，你真的是小佐内？”

健吾连话都说不清楚了。

小佐内有些困扰地歪着头，最后似乎想到了什么，故意摆出阳光少女的姿态，对健吾鞠躬示意：

“你好啊，我是由纪的双胞胎妹妹，麻纪。”

来这一招啊！

健吾似乎更加搞不清楚状况了。我看着脑中一片混乱的健吾，再看看若无其事撒谎的小佐内，抑制不住心中的窃笑。

# 终章

距离小佐内弄到证据后又过了十来天。估计在我们两人都差不多忘记这件事时，我被报纸上的一则新闻震惊了。版面很小，但这次的事件清清楚楚地刊登在了社会版上。

新闻的标题是："非法驾照诈欺未遂 木良警察局 逮捕五名高中生"。

我仔细看了一下报道，上面说此案的主谋是一名十七岁的高三学生，现已遭到逮捕。逮捕，那就意味着会留案底了。驾照属于国家公共安全委员会的管辖范围，会威胁到公共安全，那就不是学校处分那么简单，而是会被逮捕了！还好这件事情被揭发了。虽然我只是开个玩笑，不过光在脑子里想想都过足了瘾。

星期六，学校放假。我打电话给小佐内同学，约好了随便找一家咖啡馆见面。先到咖啡馆的人是我，过了不到五分钟，小佐内也出现了。清爽的天蓝色连衣裙，搭配一件袖口有蕾丝的白色针织外套，这身打扮说不上华丽也算不得朴素。店里一角，一对情侣所坐的位置前还有空位，我们便坐了下来，开始点早餐。我选了吐司，小佐内则要了松饼。

我将报纸摊在了桌面上，聪明的小佐内将其他的报纸也都拿过来了。《朝日新闻》《读卖新闻》《每日新闻》，篇幅虽然不大，但几乎所有的报纸上都有报道。

不知道送早餐过来的女服务生会怎么看我们。我们低着头，视线向下却并不是在看报纸。我们的表情仿佛是在灵前守夜般沉痛，弥漫的气氛像是劈腿被抓到一样尴尬。配着枫糖浆的松饼送到眼前，小佐内却没动手。过了一阵子，她才好不容易开口低声说道：

“糟了……”

我也接着说：

“是啊！糟透了……”

报道上当然没有刊登几个学生的真实姓名，只提到了居住在市中心的二十岁学生。话虽如此，但这么小的城市不可能会同时发生两起相同的案件吧。这样报道的话，健吾八成也会听说。所以即使是健吾，应该也不会再相信当时在驾校遇到的是小佐内的妹妹了。这下，他对小佐内应该有更深一层的认识了吧。

我们还通过报道知道了许多原本不知道的事情。

为什么该集团不选择便宜且容易拿到的电动车驾照，而要选择必须专门上课学习的摩托车驾照？我当时认为，是因为摩托车驾照可以上路，在社会上的公信力也比较高。这个想法，部分正确，也有错漏。看来坂上原本就打算上高中后要考摩托车驾照，而当他告诉集团成员这件事情后，正好在这次的欺诈案件上被利用了。也就是说，坂上自己掏钱付了学费，以他人名义报名上课，拼命踩着自行车赶去驾校，最后的结果却是驾照没拿到，还多了一个前科。当小喽啰也真是太不容易了！

还有一点，该集团为何会知道那个学生五百旗头没有驾照？事实上并非是诈骗集团主动调查到五百旗头没有驾照，而是他将自己没有驾照一事告诉了集团成员中的某人，才会成为这次诈骗案的开端。报道上没有出现五百旗头的名字，所以也无从得知他与该集团到底有何关联。不过，总之就是有某些关系就对了。

说实在的，我们并没有直接告发坂上所属的集团。小佐内虽意图报复，但她更讨厌扯上警察。因此我们只是用公用电话给镇上所有的贷款公司打了个电话，匿名警告对方要小心一个名叫“五百旗头”的人来借钱，然后在隔天让他们收到了那张能当证据的照片。

贷款公司都是放高利贷的专家，即便没有我们的警告，也一定能够识破坂上他们的诡计。这么想还真是让人安心不少，我们不过是推波助澜，让小佐内成功地为春季限定草莓挞报了仇。

然而复仇者的心情似乎并不轻松愉快。

“本来已经下定决心不再做这种事的……”

小佐内的声音带着哭腔。她端起枫糖浆淋在松饼上，等着最后一滴也落在松饼上，又补充道：

“人家都决定要当个小市民了啊……”

她用刀子把黄油拨开，将烤成金黄色的松饼切成四块，可是看她的样子全然没有想吃的心情。她顶着波波头，用仿佛在窥视的视线看着我，说道：

“小鸠同学，对不起，你明明都遵守约定阻止我了……”

我慢慢摇了摇头。

“我也没遵守约定呀！本来都决定不再扮演侦探耍小聪明了，可是回想一下，这段时间里一、二、三……我屈指算着……第一件是斜挎包、第二件是那两幅画、第三件是美味热巧克力，不算打破的玻璃瓶，再加上坂上这案子……一共四次了！”

“真是罪孽深重呀！”

“彼此，彼此。”

我们两人同时重重地叹了一口气。看着摊开的报纸，让人越发想叹气。于是，我将报纸全部折起来，站起身将它们放回原处。我回到座位上，冷静下来，喝了一口不想喝的咖啡。

小佐内小声说：

“那我们还当不当小市民？”

我端着咖啡杯，看着小佐内。

“我天生就执着，而小鸠同学天生就爱把话说出口，我们都无药可救，改不了了。不论我怎么骗自己，结果还是会露出马脚，不论我如何忍耐，结果还是会动手。既然这样，不如我们干脆就……”

我放下杯子，咖啡杯碰到托盘发出一声轻响。

“小佐内同学，我明白你现在受挫气馁了。可是我们并不是自欺欺人，只是在改正自己的缺点罢了。当然或许有些困难，可是明知道自己不对却放任自己的错误，这样未免太不自律了吧？当初对我说这些话的，不是小佐内同学吗？我们都还处于矫正期。”

“嗯……”

不屈不挠的火花在我眼中闪烁。我继续说道：

“这不是一朝一夕就能成功的，我们有点太急于求成了。一起加油，别放弃，慢慢来吧！”

谨慎且有礼貌，和别人保持距离、尽量不多管闲事——总有一天我会抓到这些精髓，成为一名平凡的小市民。

小佐内看着我，我也在她的眼中看到了不可动摇的信念。

“嗯！”

她用力点头。这时，从她后方传来“啪嗒”一声。

有人把水泼到了小佐内身上。一脸茫然的她眨了眨眼，猛然转过头去。

我坐在小佐内对面的座位上，所以很清楚发生了什么。坐在我们座位后面的那对情侣，女子朝男子泼了水。准确地说，应该是女子原本打算向男子泼水，但他的身手异常敏捷，迅速转身避开了所有的水。他避开的时候是不是也应该考虑一下身后的人啊。

事情发生得太突然，小佐内一时说不出话来，我也一样。女子将空杯子用力地放回桌上。

“我和你到此为止了！”

说完，她便起身走出了店外。男子回过神后，也立刻站起身，在收银台放下几千日元就追着女子跑出了店外。然后，在他们后面，小佐内一边拿手帕擦着后脑勺，一边悄无声息地追了上去。

少女好不容易恢复了天真烂漫的模样，就被人用冷水泼在她脆弱的头发上，而且还连一句道歉都没有。这两个白痴！不过，现在不是骂人的时候！我得快点阻止她才行！我看着桌上的松饼和自己的吐司，然后又看了看刚才那对情侣坐过的桌子。没喝完的咖啡、红茶、早餐、香烟、圆珠笔，还有几样有趣的东西。

我拿出手机，发了一封邮件，收件人是小佐内同学。

“不用急着追上去，依我所见，那两个人不是普通情侣，背后有不可告人的故事。这件事，根据现场遗留下来的东西，就能解读出来了。”

唉，所以呢，习惯不是一朝一夕就能改掉的！

从明天开始，我们应该能做得更好吧。

---

**图书在版编目（CIP）数据**

春季限定草莓挞事件 /（日）米泽穗信著；王兰译. -- 北京：新星出版社，2019.9（2024.7重印）

ISBN 978-7-5133-3585-0

Ⅰ.①春… Ⅱ.①米… ②王… Ⅲ.①推理小说－日本－现代 Ⅳ.①I313.45

中国版本图书馆CIP数据核字（2019）第093458号

---

本书为引进版图书，为最大限度保留原作特色，尊重原作者写作习惯，酌情保留了部分外来词汇。特此说明。

# 春季限定草莓挞事件

［日］米泽穗信 著；王兰 译

**责任编辑**：汪　欣
**特约编辑**：黄嘉丽
**责任印制**：李珊珊
**装帧设计**：陈慧颖　杨　玮

---

**出版发行**：新星出版社
**出 版 人**：马汝军
**社　　址**：北京市西城区车公庄大街丙 3 号楼　100044
**网　　址**：www.newstarpress.com
**电　　话**：010-88310888
**传　　真**：010-65270449
**法律顾问**：北京市岳成律师事务所

---

**读者服务**：010-88310811　service@newstarpress.com
**邮购地址**：北京市西城区车公庄大街丙 3 号楼　100044

---

**印　　刷**：凸版艺彩（东莞）印刷有限公司
**开　　本**：890mm × 1240mm 1/32
**印　　张**：6.75
**字　　数**：140千字
**版　　次**：2019年9月第一版　2024年7月第四次印刷
**书　　号**：ISBN 978-7-5133-3585-0
**定　　价**：39.00元

---